小学館文庫

警視庁特殊潜工班

ファントム

天見宏生

JN053963

小学館

目次

I

1

昼下がりの街は、降る雪に霞《かす》んでいる。

三月半ば。この時期には珍しい雪だと昼のニュースで報じていた。

道路や屋根が白く覆われていく。

品川。

旧東海道の整備された街路には、三階建て、四階建ての商店や事務所が軒を連ねている。時折りワイパーをせわしなく動かす車が徐行して通るばかりで、人の往来はほとんどなかった。

新型コロナウイルスの感染が拡大し、対策特別措置法が成立、施行された。人が少ないのは、そのためなのか。それとも、この天候のためだろうか。

警視庁公安総務課第五公安捜査第十一係の宮守隼人《みやもりはやと》巡査部長は、二階の窓から、雪の幕の向こうに目を凝らしていた。

道向かい、整骨院と和菓子屋の間に、路地が延びている。観察の対象は、三軒奥の右側、二階建て箱型の民家だった。ベージュの外壁が色褪《あ》せ黒ずんでいる。しばらく無人だった家屋を修行のための道場として借りているのだ。

「そろそろ一時間経《た》つか」

背後で年配の捜査員がつぶやいた。マスクを着けているので言葉が聞き取りにくい。隼人は自分の腕時計をちらと見る。

「やつは修行してますかね」

「飯時だぞ。飯食ってんだろ」

「初めて見る顔ですよ」

「いるんだよ、そういう手合いが。昼飯目当てで道場に立ち寄るような。クソ真面目《まじめ》な信者ばかりじゃないぞ。クソ真面目な信者なら3密を避けて自宅で修行してるさ」

街路に面した会計事務所の二階を公安部が間借りして半月になる。

八畳の和室に、寝袋、ポット、電子レンジ、電気ストーブを持ち込み、座卓にはデジタルカメラ、ハンディカム、ノートパソコンなどの機材が並んでいる。壁際に、コンビニ弁当のプラスチック殻や空《から》のペットボトルを捨てた分別用のごみ袋が無造作に置かれ、室内には捜査員たちの男の臭《にお》いがよどんでいた。戸のそばに、アルコール消毒液のボトルが申し訳程度に置かれている。

隼人が所属する公安第十一係はカルト宗教を担当する。観察しているのは、昼夜を問わず若い信者たちが修行のために出入りする新興宗教の道場だが、さすがに今日は人の出入りがほとんどなかった。

八年前、国家転覆を企ててテロ活動を準備した新興宗教団体「龍神天命《りゅうじんてんめい》教団」が警視庁の一斉摘発で壊滅した。その後、教団の流れを汲《く》む小規模な宗教集団が幾つか派生した。ここもそうした団体のひとつで「火天《かてん》の誓《ちか》い」と名乗っている。関東に数か所の道場を持ち、ひっそりと活動を続けていた。

公安部が目をつけたのは、「龍神天命教団」で軍事活動部門に所属していた信者たちが「火天の誓い」に再集結しているという情報を得たからだった。

品川の道場は、一階を修行場、二階を信者の宿泊施設にしている。

「出てきそうです」

隼人が言うと、壁にもたれて両足を伸ばし、マスクを顎《あご》に下げて電子タバコをくゆらせていた捜査員は、立ってきて窓際に並んだ。

「どこに？」

窓ガラスに顔を寄せて雪の向こうを透かし見る。

「まだですが、もう出てきそうです」

そう言う隼人の横顔を、捜査員は胡散《うさん》臭いもののように眺めた。

「また例のあれか。宮守の五秒前の予知能力ってやつか」

「あ、出ました」

玄関の引き戸が開いて、透明のビニール傘をさした男が一人出てきた。赤いフード付きパーカーにジーンズ、エビ茶色のスニーカーを履いている。

隼人は、座卓から、望遠機能の付いた一眼レフのデジタルカメラを取った。ファインダーを覗《のぞ》く。雪と傘に妨げられて男の顔に焦点が合わない。路地から街路に出てきたところでようやく顔を捉《とら》え、連写ボタンを押した。

短髪、がっしりした体軀《たいく》、鋭い眼光で周囲を警戒しているのがわかる。三十代後半。マスクはしていない。道場に出入りする純粋でやや狂信的な若者たちとは雰囲気が違って、険のある世間通の曲者《くせもの》という感じだ。

「飯、食ってたんですかね」

男は街路を北へ歩いていく。

隼人はカメラを持つ手を下ろし、眉根を寄せて、何かが引っ掛かるという表情を浮かべている。ふいに目が厳しい光を帯び、カメラを卓上に戻した。

「あの男を行確（行動確認）します」

記録用のノートにボールペンで時刻をメモして急いで出ていこうとする。年配の捜査員が言った。

「行確の指定対象者じゃないだろう」

「はい。リストにない、というか、初めて見る顔です」

「必要あるか？　昼飯目当ての雑魚《ざこ》だ」

「しかし」

「しかし？」

「……気になります」

隼人の真剣な瞳に捜査員は苦笑した。

「予知能力が出たな。ていうか、ヤマ勘か。おまえのヤマ勘は精度が高いのは確かだから。まあ、行ってこいや」

「はい」

隼人はマスクを着けて階段を駆け下り、裏口から黒いジャンプ傘をさして飛び出した。

路上の積雪はシャーベット状になっている。旧東海道の街路に出るまでにズボンの裾が冷たく濡《ぬ》れて脛《すね》に貼りついた。マスクの隙間《すきま》から白い息が流れる。

赤いパーカーを着た男は、街路を折れ、目黒川沿いの歩道を西へ歩いていく。桜並木の花のつぼみに雪が乗っている。

男は国道に出て橋を渡り、高架の新馬場駅へ、北口から上がっていく。隼人は傘を畳んで、ホームへの階段を上がった。道場からなら駅の南改札口のほうが若干近いのに。北口へ回ったのは、男がこの付近に土地鑑がないからだろうか。

男は京急蒲田方面行きの普通車に乗った。隼人は別のドア口から乗って吊《つ》り革を持ち、自分の腕で顔を隠した。男は座って向かい側の車窓に顔を向けている。考え事をしているのか腕組みをして動かない。

隼人は、心がざわついている。公安の監視対象として怪しいとヤマ勘が働いたのではない。カメラのレンズが男の顔を映し出した時から、気に掛かっている。

ちらと男の顔を見る。

隼人には、記憶の奥に刻んだ顔がある。そのひとつに似ているのだ。もう九年も前の記憶だが、毎年思い起こしては刻みなおしている。まさか、とは思う。たとえ偶然にせよ、まさか、こんな時に、こんな所で、また見ることがあるとは。だが一方では、そうだ、こいつだ、と心がざわめいている。この男だ。そうに違いない、と。

男は視線を感じたのか、こちらを見た。先に視線を逸《そ》らせた隼人に目を留めたが、無関心に車窓に戻す。心に不安がよぎった。まったく関係のない別人か。自信が揺らぐ。記憶のなかの顔など、長い歳月が経てば知らない間に描き替えられているかもしれない。

男は大森海岸駅で降りると、町なかを北へ歩いた。

雪は小降りになってきたが隼人のズボンは既に膝まで濡れて冷たいままだ。

男は一軒のマンションに寄ると、オートロックのインターフォンでどこかの部屋を呼び出す。共用の玄関ドアが開いてエントランスに消えていった。ダークブラウンの壁の、八階建ての賃貸マンションだった。

隼人は次の四つ辻《つじ》を横切り、角のアパートの玄関口に立った。男の入ったマンションを見上げる。

男が六階の通路に現れた。ドアのプレートを確かめながら歩き、端の部屋の呼び出しボタンを押す。ドアが動き、通路に人が出てきた。坊主頭で、黒いジャージを着た男だった。二人は向かい合って二言三言言葉を交わした。次の瞬間、赤いパーカーの男が、部屋から出た男にぶつかっていった。隼人からは、赤い背中と、その向こうでのけぞる坊主頭の顔が見えた。ああっと叫ぶ声が聞こえた。坊主頭が手摺《てす》りの仕切り板の向こうに沈む。

訪ねた男が刺したのだ。

隼人はダークブラウンのマンションへ駆けた。

オートロックの玄関ドアは閉ざされている。管理人室がないのか、インターフォンには何の案内表示もない。隼人は格子デザインのガラスドア越しにエントランスを覗きみた。白黒チェック地の床と壁。エレベーターが一基。人影はない。

スマートフォンで所轄署の応援を呼ぼうとすると、エレベーターの階数表示が下りてくるのが見えた。

ピンクのレインコートを着て赤い長靴を履いた幼い女の子と、青いウインドブレーカーを羽織った若い母親が降りてきた。子供はエントランスの床を走って行ったり来たりしはじめる。マスクを着けた母親はどこへ急ぐでもなく見守っている。遊び場代わりに子供をここへ連れて下りたのかもしれない。隼人は、手のひらでドアのガラスを叩《たた》いた。

「警察です、開けてください」

母と子は同時に気づいて怯《おび》えたように身を寄せ合った。隼人は身分証をガラスに押し当てて示した。

「ここを開けてください」

母親は子供を後ろにかばって恐る恐る近づいてきた。身分証を見てもまだためらう。

「お願いします」

ようやく自動ドアを内側から開けた。隼人はエレベーターへ走った。

「六階でトラブルが起きたようです。安全のためにご自分の部屋へ戻ってください」

ケージに母子を招き入れた。母親は三階のボタンを押して子供を抱き上げた。

「男を見ませんでしたか？　赤い服の」

「いいえ」

不安そうに首を振る。隼人は三階で母子を降ろすとそのままエレベーターで六階に上がった。

端の部屋のドアの前に、黒いジャージの男が仰向《あおむ》けに倒れている。隼人が尾行してきた男はいなかった。前後に注意を払いながら通路を進んだ。

倒れた男はびっくりしたように目と口を開いている。

「おい」

反応がない。首筋に触れても脈が取れなかった。ジャージの胸が赤黒く濡れ、体の下の通路に血溜《ちだ》まりができていた。心臓をひと刺しされて即死だったらしい。

隼人は閉まっているドアの内の気配に耳を澄ませた。

傘を壁に立て掛けて置くと、ハンカチを出してドアノブをつかみ、ゆっくりと回した。隙間を開けて上り口を見る。革靴が一足揃《そろ》えてある。通路の死体はサンダルを履いていた。刺した男のスニーカーは見当たらない。

玄関に入った。狭いキッチン・スペース、トイレと浴室のドア、奥に洋風のワンルーム。

靴を脱ぎ、人が隠れていないか確かめていき、奥の洋間を覗いた。

床に置かれた小型テレビ。小さな座卓に座椅子。家具、家電製品は最小限揃えているだけで、どれも新しい。壁際に薄い布団を積んである。物の少ない、がらんとした室内だった。

クローゼットを開けた。ジャケットやポロシャツがハンガーに掛かっているが数は少なく、この季節のものしかない。どれも量販店の格安製品ばかりで住人の個性が感じられなかった。

隼人は靴を履いて通路に出た。刺した犯人はいない。エレベーターを使わずに非常階段を下りていったのか。

緊急車両のサイレン音がする。救急車だった。パトカーのサイレン音も。こちらへ近づいてくる。

通路の手摺り越しに、雪の落ちる道路を見下ろした。

真下の路上に、人が倒れている。

赤いパーカーにジーンズ。体が不自然な格好にねじれ、エビ茶色のスニーカーが路上に転がっていた。

傘をさした通行人が数人遠巻きに見ている。回転灯を点《つ》けた救急車が走り込んできて停《と》まった。つづいて所轄署のパトカーがその後ろに停まり、制服警官が出て雪に降られる死体に近づいた。

男はここから墜《お》ちたのだ。

隼人は自分の足元に倒れている死体を見た。坊主頭の男はひと刺しで絶命している。反撃して相手をここから投げ落としたとは考えられなかった。

パーカーの男はなぜ墜ちたのか。隼人は地上を見渡した。野次馬の傘の数が増えてきた。隼人の視線が何かに引っ掛かって止まる。誰かの視線だ。

さっき自分が立ってここを見上げていた場所、四つ辻の角のアパートの玄関口に、一人の男が立って、こちらを見ている。目が合った気がしたが、男は黒い傘で顔を隠すようにして歩きだし、ビルの陰に見えなくなった。

黒いロングコートに黒いズボンを穿《は》いていた。一瞬のことで顔はよくわからなかったが、鋭利で冷ややかな雰囲気が印象に残った。ただの野次馬の一人だったのか。男の消えたビルの陰から、入れ違いにパトカーが二台現れた。

隼人は自分のスマートフォンで通路に倒れている刺された男の顔を撮った。公安部に架電しながら通路を歩きだした。

2

雪が傘を打ち、とけて歩道に滴《したた》り落ちる。

車が飛沫《しぶき》を上げて行き来する音に、パトカーのサイレン音が重なる。

黒いロングコートを着た菊池幻次《きくちげんじ》は、マスクを着けない顔を隠すように黒い傘を前へ傾け、桜新道を北へ歩いていく。

細身で背が高く、手足も長いが、全身に鋼《はがね》のような強靭《きょうじん》さが感じられる。蒼白《そうはく》な頬《ほお》は削《そ》げている。鼻筋の通った、薄い唇を引き結んだ顔つきに、翳《かげ》がある。眼光は見たものを射貫《いぬ》くように鋭かった。

サイレン音が後方に離れると、菊池は内ポケットからスマートフォンを出した。相手が出ると言った。

「市毛《いちげ》が刺されて死にました」

「死んだ……刺したのは？」

冷静な声だが微《かす》かに動揺の震えがある。

「刺したのは赤石《あかいし》です。市毛を訪ねてきていきなり刺しました」

「それで、赤石は？」

「私が処理しました」

通話の相手は少し間を置いて、

「我々の存在が知られている。どこかから漏れているということか」

菊池はそれには答えず、

「大森海岸の現場を撤収するので片付け屋をお願いします」

「わかった」

「それと、赤石に尾行がありました。公安部のようです。写真を撮ったので送ります。所属を調べてください」

「了解した。ところで、市毛君の家族は？」

声に感情が混じる。菊池は無表情に言った。

「天涯孤独の身です」

通話を切ると、菊池はさっきのマンションで撮った画像を表示した。玄関のエントランスをエレベーターへ走る若い男の顔。菊池は、市毛を刺した赤石を背後から処理した後、非常階段を下りて、一階でこの男を撮った。男は母子を乗せてエレベーターで上がっていった。赤石を尾《つ》けてきたのなら、公安部のカルト教団担当あたりだろうか。

それにしても、赤石が攻撃してくる可能性は考えていたが、いきなりだった。市毛を刺した赤石を、ドアの内側にいた菊池は三和土《たたき》に引きずり込み、エピペンに似た注射器具で、首筋に薬剤を注入した。即効性の心臓発作を誘発する薬剤だった。痙攣《けいれん》する赤石を通路から地上に落とした。検死で薬剤を発見されないためだ。計画とは違う展開だった。この先を修正しなければならない。

菊池は角を曲がった。路肩に、黒いセダンが停まっている。運転席に四十歳前後の男がいた。部下の大島《おおしま》だ。菊池はロングコートの裾を上げ、傘を畳んで助手席に乗った。ワイパーが動き、大島は車を出した。

3

大森海岸の賃貸マンションの二死体の事案は、所轄の大井署刑事課が初動捜査に入った。

警視庁公安部が捜査協力を申し出て合流し、更に警視庁刑事部捜査第一課が追いかけるように参加した。

公安部は、殺人に加えてカルト宗教団体の動向を押さえておきたい意向だった。大井署では、半ば強引に割り込んできた本庁公安部に主導権を奪われるのを嫌って、本庁の第一課に合同捜査を願ったのだった。事案からいって合同捜査本部を起《た》ち上げる規模ではない。本庁刑事部は捜査協力の名目で公安部を牽制《けんせい》しにかかった。

隼人は、大井署の刑事課強行犯捜査係に出向き、男の行動確認をしていた状況を説明した。その後、大井署刑事課の署員と組んで、墜ちた男の身元確認を担当することになった。

赤いパーカーを着た男は署内の死体安置所に収容されていた。降雪のため全身びしょ濡れで、右側頭部と右肩、右鎖骨部の損傷が激しかった。

間近で見る顔に、やはり見覚えがあった。九年前に脳裡《のうり》に刻まれた男たちの一人だ。だが、よく似た人物というだけかもしれない。隼人の心は揺れた。あの男たちの一人だと確認する手立てはない。それに、記憶は変容する。確信と錯覚の境は曖昧《あいまい》だった。

死者の顔はどことなく弛緩した感じで、険しかった表情の名残《なご》りはなかった。隼人は死顔をスマートフォンで撮って画像保存した。

自分が観察していた男が人を刺して六階から飛び下りたことには責任を感じている。隼人の責任を口にする捜査員はいないが、所轄署と公安部と捜査一課の寄り合い所帯で捜査の打ち合わせをしていると無言のプレッシャーを感じた。

どうしてこの男に目をつけたのかという点に、明確な根拠を示せない。個人的な事情を言うわけにはいかなかった。

所轄署員の運転する捜査車両に乗って、品川にある「火天の誓い」の道場へ向かった。

雪は小降りになったが厚い雲が空を覆ったままで、街は夕景に沈んでいる。

隼人が昼間見張っていた道場のインターフォンを押した。所轄署員がモニターのレンズに身分証を示す。

玄関ドアを開けて顔を覗かせたのは、この道場を統括している玉乃井《たまのい》という三十過ぎの痩せた男だった。大きめのマスクで顔を隠し、眼鏡の奥の細い目が用心深く感情を消している。

「どうぞ」

玄関から六畳の板間へ上げられた。隼人と署員は合成皮革のベージュのソファ・セットに玉乃井と向き合って座った。

襖《ふすま》が開け放しで、二十畳ほどのカーペット敷きの広間が続いている。奥に祭壇があって、火炎をかたどった金のプレートに円《まる》い鏡を嵌《は》めた御神体を祀《まつ》っている。作務衣《さむえ》を着た女がその鏡に向いて胡坐《あぐら》をかき、静かに左右に揺れていた。宗教団体に対して新型コロナの自粛要請は出ていただろうかと隼人は首を傾《かし》げた。

隼人は玉乃井にスマートフォンの画面で男の死顔を示した。

「この人物をご存じですね」

玉乃井は細い目を更に細め、どう答えようかとためらったようすだったが、はっと

なって、

「怪我《けが》をしたんですか。この写真は、病院で？」

と顔を上げた。大井署の署員が言った。

「病院じゃない。うちの死体置き場だよ」

「死体……」

玉乃井は黙り込み、まばたきを繰り返した。隼人は言った。

「昼に、この道場に来ていたことはわかっています」

玉乃井は二人の捜査員を交互に見て、狡猾《こうかつ》な目つきになった。

「ハギ、と名乗っていました、確か」

「ハギ？　どんな字だ」

署員が訊《き》いた。

「知らないです。初めて来た人なので」

反応をうかがうように見返してくる。二人が黙っていると、玉乃井は焦った口調で言った。

「ほんとですよ。ここへは初めてで。突然来ました」

「何をしに？」

「信者にイチゲという男がいるかと訊かれました。うちに出入りする者でそういう名前の人はいないので、いないと答えました。それで帰っていきましたよ」

「ハギは、いったい何者なんだ？」

「知りません。『龍神天命教団』の信者だったことがあると言ってましたが」

「イチゲも教団の信者だったということか」

「イチゲが何者で、ハギさんがなぜうちへ捜しにきたのか、説明はありませんでした。もちろんうちはもうあの教団とは関係はありませんから、私も訊く気がなくて」

その程度のやりとりでハギという男が一時間近くもここにいたとは思えない。

隼人は、この道場を公安が監視していると玉乃井に知られたくなかった。玉乃井が言わないことがまだあるとしても、六階から墜ちた男がハギと名乗ったとわかった。

ハギの身元を明らかにして再び訪ねてくればいい。隼人と所轄署員は左右に揺れつづける女を横目で見て席を立った。

旧東海道の街路に出て、いったん道場から離れ、裏路地をまわって会計事務所の二階へ所轄署員を案内した。隼人を送り出した公安部の捜査員は、

「大きなヤマを引き当てたな。予知能力、怖い」

と苦笑いし、所轄署員を見るとむっつりと不愛想になり、窓際で電子タバコを吸いはじめた。

「ちょっと使います」

隼人は座卓のノートパソコンで公安部のデータベースに入って「龍神天命教団」の信者リストを検索した。

「ハギ」でヒットする信者のなかには赤いパーカーの男に該当する者はいなかった。偽名なのか。信者だったというのが嘘《うそ》なのか。隼人は次に、教団の軍事活動部門に所属していた信者を調べてみた。顔写真付きのリストをスクロールしていくと、一緒に覗き込んでいた所轄署員が、

「あ、この男」

と声を上げた。

運転免許証に使うような正面を向いた顔写真だった。隼人はスマートフォンの「ハギ」の死顔を並べてみた。同じ人物だと思われるが、死顔には表情がないせいで人相が変わっている。

「あ、そうだ」

思い出して、一眼レフのデジタルカメラを取り、道場を出た男を連射した写真をカメラのディスプレイに再生した。所轄署員はうなずいた。

「間違いないな」

その信者の名は「赤石功《いさお》」。ハギは偽名だったのだ。赤石のプロフィールを読んで、隼人は所轄署員と目を見合わせた。最後の一行にこう記されていた。

「二〇一一年三月十一日仙台市照浜町にて死亡したと推定される。」

署員は、

「幽霊か」

とつぶやいて、一眼レフの画像を気味悪そうに見た。

隼人はその一行を食い入るように見つめている。

二〇一一年三月十一日照浜町。

あの男に間違いなかったのだ。津波から逃げ切ってあいつらは生きていた。しかも死を偽装して、九年間も。

所轄署員は自分のスマートフォンで、赤石功の情報を所轄署に報告した。その後で捜査の他の進捗《しんちょく》状況を聞きながら、え？　え？　と眉をひそめている。

通話を切った所轄署員に、

「何でしたか」

と訊くと、

「赤石に刺殺された男の身元が割れた。アパートのクローゼットを探るとジャケットの内ポケットに財布が入っていた。更新せずに期限が切れた運転免許証があって、名前は安松豊《やすまつゆたか》。添付の顔写真は死体と一致した。二週間前に部屋を借りたそうだ」

「イチゲではなかったんですね。こっちも偽名か」

「ああ。だが……」

署員は納得がいかないようすだった。

「安松豊なら知ってる。四年前にタイへ逃亡した暴力団組員だ。隣りの大森署管内で覚せい剤取締法で引っ掛かって。うちの管内で強盗殺人を起こした男が安松からクスリを買っていたのがきっかけでね。私も当時捜査に加わっていたんだが」

「日本に戻ってきていた。でも、指名手配されているのに、顔が知られている地元に戻って部屋を借りたのが奇妙ですね」

「顔が違っている」

「タイで整形手術を受けてきた？」

「いや、そんなことよりも」

首を振る。

「安松はタイで死んだ。あっちで麻薬密売のトラブルに巻き込まれて。現地警察から照会があったのを覚えている。三年前だったか。死亡確認は、されたはずだ」

そんな馬鹿な、と窓際で公安部の捜査員がつぶやいた。所轄署員は言い返しもせずにパソコン画面の赤石功を見つめている。隼人は唖然《あぜん》として、陰った室内に視線をさ迷わせる。

「つまり、死者が死者を殺して、自分も死んだ、という事案ですか」

答える者はなかった。

4

夕闇が大森海岸駅を押し包んでいく。

駅前の賃貸住宅紹介センターに、四十歳前後の男が入ってきて、警察官の身分証を提示した。

印字してある名前は偽名だった。所属する課内では「大島」で通っている。

髪を短く刈り上げ、顎の張った四角ばった顔に、濃い眉毛、鋭い眼光。一文字に引き結んだ唇は頑固そうだった。グレーのくたびれた背広に包んだ体は、がっしりとして肩幅も広く、腕回りも太い。

「冷えますね、春なのに」

声も太く、低かった。来客用の椅子に就くと、

「あ、失礼」

背広のポケットからマスクを出して着けた。

「メゾンドソレイユ大森海岸に入居していた安松豊。契約時の書類を見せてください」

店員はキィボードを叩いてパソコン末端のディスプレイを大島に向けた。

「さっきも別の刑事さんが来られて見ていきましたよ。契約などの手続きは電子データ化していますので、この画面でどうぞ」

「何度も申し訳ありません。確認し忘れた箇所がありまして」

大島はディスプレイに顔を寄せ、厳しい目を店員に向けた。

「何も記入されていませんが」

店員は画面を自分のほうに向け、おかしいな、と首を傾げてキィボードを叩く。映し出される顧客情報や契約履歴の各項目の欄には何も入っていなかった。

「安松さんのデータが消えてる。どうして」

ぶつぶつつぶやきながらキィボードを叩いていたが、困った顔で大島を見た。

「さっきは確かにあったんですが。データが削除されたみたいで」

「客が死亡したら即、削除するんですか」

「いえ、データベースはそんなにすぐには更新しません。サーバー上のトラブルがあったらしくて」

申し訳なさそうにそう言った。

「ペーパーの契約書はありませんか」

店員はこくりとうなずいた。

「写しがあります。ペーパーで持っておきたいとおっしゃるオーナー様が多いので」

奥のキャビネットケースから契約時に作成した書類一式を持ってきた。大島はパラパラとそれをめくる。

「お借りしていいですか」

店員はまた奥へ行って店長らしき男と話して戻ってきた。

「どうぞ。全面的に協力しますので」

自店が仲介した客から事故物件を出してしまい、この店としても迷惑しているのだろう。

「できるだけ早くお返ししますので」

大島は書類を持って立つと、雪が小降りになった街路へ出た。路肩に停車している黒いセダンへ走り、助手席に乗った。書類の記載事項を目でたどる。

「物件のオーナーが契約書のもう一通を持っている。それを取りにいこう」

住所を読み上げた。運転席の貴地野《きぢの》は、ナビゲーションパネルのマップで経路検索して車を出した。

貴地野は三十代半ば。生真面目《きまじめ》で落ち着いた雰囲気の男だった。

大島はスマートフォンで菊池に連絡した。

「仲介業者のデータベースから市毛のデータが削除されたのを確認しました。ペーパーの書類も回収して、これからオーナーの保管している書類を回収しに向かいます」

「了解。警視庁内と捜査関係部署のデータも、南洲《なんしゅう》が全て上書きを済ませた」

大島は車窓に視線を流した。宵の暗色が街を覆っていく。菊池にたずねた。

「市毛はいつまで大井署に眠ってなけりゃならんのでしょうか」

「引き取る手配をしている。安松豊の関係者に連絡がつく前に処理する」

「私も立ち会っていいですか」

「何に？」

「市毛の骨拾いです」

運転する貴地野が、

「私もいいですか」

と訊いた。

「わかった。火葬場が決まったら知らせる」

菊池が乾いた口調で答え、通話は切れた。

大島は、フロントガラスに付く雪がワイパーで拭《ぬぐ》われて消えるのを眺めた。

「市毛は潜入捜査の達人だったんだがなあ」

「達人、ですか」

「あいつは組対にいた時に、覚醒剤の密輸ルートに単身潜入して組織を壊滅させたんだ」

「それで、報復からの保護で、身を隠して、表の名簿からも履歴簿からも抹消されて、Fに……市毛の家族は？」

「子供の頃、両親が覚醒剤中毒の男に殺された。天涯孤独の身の上だ」

大島は溜《た》め息を吐《つ》いた。

「俺たちで見送ってやろう」

5

翌朝は明るい空が戻っていた。

日曜日。大気は冷たかった。

宮守隼人は、旧東海道に面した観察所には寄らず、「火天の誓い」の品川道場を独りで訪れた。

ハギと名乗り、ここを訪れた男は、「龍神天命教団」の軍事活動部門に属していた元信者で、本名は赤石功。

赤石はイチゲという人物を捜していて、道場を出た後、大森海岸の賃貸マンションに安松豊を訪ね、いきなり刺殺した。

道場のリーダーである玉乃井に、道場と安松豊との関係を訊いておかなければならない。

インターフォンを鳴らす隼人の心は高ぶっていた。安松豊を刺して六階から墜ちた赤石功は、二〇一一年三月十一日に仙台市照浜町の路上で隼人が遭遇した男たちの一人に違いなかった。あの男たちが「龍神天命教団」の信者だったのなら、赤石からたどって全員の名前を調べ上げることができる。怒りと恨みが隼人の背中を押していた。私情を秘めて捜査することにためらいはなかった。

「はい？」

スピーカーから女の声がした。隼人はモニターのレンズに身分証を示した。

「警視庁の者です。連日すいません。玉乃井さんにもう一度お話をうかがいたいのですが」

「出掛けております」

「どちらへ？」

「わかりません」

「いつ頃お帰りになるでしょうか？」

「それもわかりません」

無機質な応答だった。隼人はレンズを見つめた。

「それでは代わりに少しお話をうかがえますか」

「わたしにですか」

「はい」

待っていると玄関の戸が開いて、若い女が顔を覗かせた。白い長袖Tシャツにグレーのスウェットパンツ、裸足《はだし》。長い黒髪をひっつめて後ろで括《くく》り、化粧はしていない。

無表情に隼人を眺めた。

「どうぞ」

六畳の板間へ導く。その後ろ姿を見て、昨日訪ねた時に祭壇の前で胡坐をかき左右に揺れていた女だと思い出した。

女はソファ・セットに隼人を座らせ、玉乃井が座ったのと同じ場所に自分が就いた。隣りのカーペット敷きの広間では、祭壇の前に五、六人の作務衣を着た男女が胡坐をかき、火炎鏡の御神体に向いて、静かに左右に揺れている。昨日より多いのは、日曜日で仕事が休みだからなのか。密集、密接にならないようお互いに間隔をあけていた。

「訊きたいことって何でしょうか」

女は硬い表情だった。修行に必要でない無意味な時間が苦痛だというようすだ。

「あなたは昨日もこの道場にいましたね。毎日ここで修行なさっているんですか？」

「住み込みで修行しています。マスターの補助役という資格で」

「マスター？」

「玉乃井さんです」

「では、昨日の昼に、ハギと名乗る男がたずねてきた時のこともご存じですか」

「知りません。修行中でしたので」

隼人は、揺れている信者たちを見た。

「トランス状態で現実とは遮断されていた？」

「カムヤドリの一歩手前で。ビッグノーウェアな存在になっていますから」

「はあ」

女の茶色い目をのぞきこんだが視線の合う感じはしなかった。隼人は、スマートフォンの画面に、安松豊の死顔の写真を出して女に示した。

「この人物をご存じですか」

女の視点が安松の顔に結ばれる。女の意識が「ビッグノーウェア」から現実に還《かえ》った顔つきになった。

「知りません」

首を横に振る。

「最近この道場に来たとか、元信者だったとか。玉乃井さんの知り合いではないですか」

「さあ……見覚えはありません」

「安松豊といって、反社会勢力の一員です。この道場や宗派に、妨害行為や脅迫はなかったですか？」

「いいえ、ありません」

女の瞳に怯えの色が浮かんだ。何かに追い詰められたふうだった。安松からとは限らないが、信者が怯える出来事があったのか。女は元の無表情に戻り、口を結んだ。

「では、ここを訪ねてきたハギが捜していたイチゲについては？」

「聞いたことのない名前です」

「ハギはここを出た後、イチゲを捜して安松のところへ行ったようですが。イチゲも安松もここととは関係がありませんか」

「ありません」

「では、ハギのことは？」

「知りません」

「『龍神天命教団』にいた赤石功は？」

「知りません。わたしは入信して二年ですので。教団が潰《つぶ》れたのはもっと前の話です」

女はこんな問答にはもう飽きたというふうに気のない声になった。玉乃井が居る折りに出直してきたほうがましだと思えた。

「わかりました。どうもお邪魔しました」

道場を出ると新馬場駅南口のほうへ歩いた。

この事案には、捉えどころのない奥の深さがあって、どこに突破口が開くのか予想がつかない気がする。スマートフォンに安松豊の別の写真を表示した。所轄署のデータに残っていた、タイへ逃亡する前の胸像写真をダウンロードしたものだ。あらためて見ると、違和感がある。昨日刺殺された男に似てはいるが、所轄署員が言ったとおり、別人だ。安松はタイで死んだという。死んだと偽装して整形手術をし、別人になりすまして、帰国したのだろうか。

「あの」

背後から男の声が掛かった。振り返ると、作務衣を着た男がついてきていた。

坊主頭に黒縁眼鏡、無精髭《ぶしょうひげ》がまばらに生えた丸顔の男で、素足に安物のサンダルをつっかけている。道場で揺れていた信者の一人が追いかけてきたのだ。男の切羽詰まった表情に、隼人は辺りを見まわし、そばの路地へ導いた。男は息を切らして言った。

「刑事さん、赤石のことを訊いていたでしょ」

「ビッグノーウェアにいても聞こえましたか」

「人をおちょくった物言いは止《や》めてください」

男は怒って睨《にら》んできた。軽口や冗談を許せないタイプらしい。

「刑事さん、いいですか。赤石とか軍事活動部門にいた連中は、教団を潰したゴロツキどもだ。暴力依存症の単なるテロリストだ。いまも、せっかく生まれ変わった『火天の誓い』を食いものにしている。修行なんかしていないですよ。入信さえしていない。シシシンチュウのムシだ。捕まえてください」

早口でまくしたてる。

「あなたは元の教団で赤石を知っていたんですね」

「私は教団時代に、経理部にいました。やつらは殺傷兵器の購入ばかりに金を使って、揚げ句に、国家転覆を企てたとかで教団そのものをテロ集団にしてしまった」

「赤石は、イシゲという人物を捜していて、安松という男を殺しました。二人の名前は？」

「知らない」

「赤石は最近何をしていたかわかりませんか？」

「あんな連中とつきあいはありません」

男はずっと怒っているが、その憤りは赤石に向いているようだ。

「あいつらは教団にいた時から秘密主義だったから。だがどうせ、いまもテロ活動をしてるに決まってる。教団時代の兵器で、警察から隠しておいた物を、あいつらが探しているという噂《うわさ》がある。それだけでも逮捕できるでしょ」

「教団の軍事活動部門にいた連中が、兵器の隠し場所を知っていそうな元の信者を捜している？」

「そうに決まってますよ。あいつらが何か起こしたら『火天の誓い』も巻き込まれる」

「赤石には仲間がいるんですね。名前はわかりますか」

「あいつら震災の津波で死んだって聞いてたんだけど。赤石は助かったんだな」

「他に生きている人物は？　聞いていませんか」

「わからんけど、赤石が助かったのなら、リーダーは生きてるだろうな。あの男は死なないわ」

　そう言った男の顔色が曇った。怒りの勢いがふいに退く。怯えたように口ごもった。

隼人は訊いた。

「リーダーだった男の名前は？」

「サノウ。左に、納める、と書いて」

「左納」

隼人が繰り返すと男は、

「修行に戻らないと」
二、三歩退き、
「あ、それから、マスターが」

「玉乃井さんが？」

「昨夜から、いないらしい。連絡がつかないみたいなことを道場で言ってたんです」

小走りに去っていった。

6

隼人は大森海岸駅で降りると、所轄の大井署刑事課に電話を入れ、現場マンションに住む若い母親と幼女の部屋の番号を教えてもらった。隼人に建物の玄関ドアを開けてくれた母子だった。

マンションへ行き、三階の部屋を訪ねた。玄関に、小さな赤い長靴があった。隼人とあまり歳《とし》の違わない母親が、頭を下げた。

「昨日はありがとうございました」

隼人が部屋へ戻るように指示したことへの礼だった。

「どうぞ上がってください」

「いえ、ここで失礼します」

母親のスカートの後ろで幼い女の子が隠れ、隼人を覗き見ている。隼人は三和土に立ったまま訊いた。

「昨日、あの前後に、誰かを見掛けませんでしたか？　エレベーターや階段、一階のエントランスなどで」

「昨日も警察の方にお話ししたんですけど、誰も見ませんでした。あなた以外には」

「エレベーターが動いていたということは？」

首を傾げて思い出そうとする。

「それもなかったですね」

「あなたとお子さんが三階から一階へ下りてくる前は、ケージは何階に停まっていましたか」

「六階でした、たぶん」

安松豊を訪ねてきたハギこと赤石功がエレベーターで六階へ上がった後で、母子は三階から一階へ下りたのだ。

「その時間に誰も見なかったと？」

「はい」

女の子が母親のスカートをひっぱった。

「ママ、ユーレイ」

「え？　ユーレイ？」

「ユーレイ、写ってたよ」

「あ、そうだね」

母親はキッチンテーブルに置いた自分のスマートフォンを取ってきた。女の子が後ろにくっついてスリッパでぱたぱたと走る。

「いまは幼稚園もコロナで休園で。家の中ばかりだとこの子も退屈してきて。それで部屋の外の、この階の通路で遊んでいたんですが、他の部屋の方にうるさいかなって思って。雪が小降りになったら買い物に行こうかって、レインコートを着て長靴を履いて、一階へ下りたんです。でもけっこうな雪で。一階のエントランスで遊んでたら、刑事さんが入れてくれって仰《おっしゃ》って」

スマートフォンを操作しながら話しつづける。

「刑事さんが来た時刻よりも前に、この階の通路で遊ばせていた時に、この子を撮ったんです。それで、これが」

一枚の画像を隼人に示した。

三階の通路を、女の子が笑いながら走ってくるところだ。通路を往《い》ったり来たりしていたのだろう。女の子の後方、通路の端に、人影がある。

「非常階段の辺りですか」

「はい。ちょうど階段を上がるか下りるかしていて、たまたま、こちらを見たんでしょうか」

離れているので小さな像だ。黒い人影。隼人は指でその部分を拡大した。

黒いロングコートに黒いズボン。細身の背の高い男だった。顔ははっきりとは写っていないが、こちらを見る眼光の鋭さが感じられる。

赤石が墜ちて路上で騒ぎになっていた時、四つ辻の角のアパートからこちらを見上げていた男だ。

「この画像、いただけませんか」

「どうぞ」

「ユーレイだよ、こわいんだよ」

女の子がスカートの陰から言った。隼人は首を振った。

「大丈夫。幽霊なんかいないよ。どこかのおじさんだから。調べればすぐにわかる」

7

昼過ぎに警視庁公安部に戻った。

第十一係は、奥に向かって細長い部屋だった。ドアに向かい合う奥の壁に明かり取りの窓があり、その上に古いエアコンが張り出し、その真下に係長のデスクがドアに向いている。捜査員のデスクは二つ向き合って、係長の前からドアのそばまで列になって並んでいる。隼人のデスクはドアに一番近いので、出入りする者に仕事のようすを覗かれてしまう。

係長は不在で、二、三人の捜査員がデスクワークをしていた。新型コロナが広がりつつあっても、日曜日であっても、公安の仕事は在宅勤務というわけにはいかない。隼人は自分のノートパソコンを起ち上げて、公安部のビッグデータにアクセスした。

龍神天命教団。

八年前に警視庁が教祖、幹部以下五十余名を摘発し、壊滅に追いやった。テロ活動を計画、準備していた軍事活動部門の信者たちは根こそぎ検挙したはずだった。しかし逮捕されなかった者もいたのだ。

摘発の前年、仙台市照浜で東日本大震災の津波に遭い、行方不明になった信者たち。

警視庁が認定死亡扱いで検挙者リストから除外していたことを、隼人は初めて知った。

その一人である赤石功のファイルを開く。当時の行動観察中に撮った数枚の写真があった。九年前、教団本部の門を出る時の背広姿の連写だ。隼人の記憶がよみがえる。確かに、あの時いた男たちの一人だ。

「左納」で検索する。

左納澄義《すみよし》。同じく教団本部の門前で撮った写真。レスラーかラグビー選手のような体格の大男だ。頬と顎が張り、黒い総髪。瞳は聡明《そうめい》さと酷薄さの光を冷たく宿している。写真であっても威圧感が大きい。

「見つけた」

思わず独り言が漏れた。

プロフィールを走り読みする。二人とも元は自衛官で、急襲上陸潜入に関わる特殊部隊員だった。死亡推定日も同じ三月十一日、場所も同じ照浜だ。隼人は、他にも死亡日と死亡場所が同じ者がいないか検索した。あと二人引っ掛かった。どちらの顔も記憶に刻んである顔だった。

こいつら四人だ。隼人は姉に電話かメールで知らせたくなった。

見つけたよ。

だが赤石は昨日死んでしまった。残りの三人は、推定通り本当に津波に呑《の》まれたのか。それとも赤石のように生き延びたのか。

あの男は死なないわ。品川道場の信者の怯えた顔が浮かぶ。

隼人は左納の瞳を見つめる。

生きているとして、九年前に隠した兵器を、何のために今頃になって探しているのか。教団はもう存在しないのに。

獅子身中《ししんちゅう》の虫。信者の男はそう言った。暴力依存症の単なるテロリストだ、と。教団や信仰とは関係のない目的で、過去に隠匿した武器を手に入れようとしているのかもしれない。

左納の目は冷厳な光を宿して睨み返してくる。

背筋に寒けが走り、緊張感が高まる。

いまも生きている。どこかからこの目で見つめている。やがて出遭う。そんな予感がする。

ドアが開いて男が覗き込んだ。隼人は、見ていたデータをとっさに最小化して画面上から隠した。

「係長は？　昼飯？」

公安総務課の小此木《こしぎ》警部補だった。まぶたの垂れた眠たげな目で室内を見渡す。小此木は不愛想な表情でいつも部内を歩いている。

「私もさっき戻ったところですので、係長がどこへ行かれたかは知りません」

「そうか」

小此木は隼人をじろりと見て、ドアを閉めた。ばたん、と大きな音が響く。奥のデスクでキィボードを打っている先輩の巡査部長が言った。

「いまのは係長を捜してここを覗いたってわけじゃないぞ」

隼人は先輩の横顔に目を向けた。

「どういう意味ですか」

「おまえが戻ってるか確かめに来たんだ」

「私を？」

先輩は指を動かしながら、ちらと隼人を見る。

「行確対象者でもない人物を尾けたら死人が二人も出た。宮守が勘の鋭い予知能力者だから、なんて小此木さんは思っちゃいない」

「でも、なんでわざわざこの部屋へ？」

「小此木さんは隠密《おんみつ》だって噂だ」

「隠密？」

「特命の内部監査委員。警察庁の警備企画課に出向して監査研修していた人だ。気をつけな。おまえのそのパソコンだってどこかから覗かれてるかも」

からかっているにしては真剣な口振りだった。隼人はドアに目を走らせ、閲覧していたデータを閉じた。

ドアが開いた。係長が戻ってきた。

「宮守、帰ってたか」

隼人の向かいの席に、どすんと腰を下ろした。

「はい。昨日の現場に聞き込みに行ってきました」

「ご苦労さんだったな」

「報告書を上げます。その後は所轄署へ行って」

「その事案だが。うちは引き揚げることになった」

隼人は、えっ、と驚く声を呑み込んで、係長の顔をうかがった。係長は視線をそれとなく逸らしている。どうやら、上の階に呼ばれてそう命じられてきたのだ。

「昨日の初動対応は宮守のお手柄ではあるが。殺しは公安の管轄外だ。後は、所轄署と捜一（警視庁刑事部捜査第一課）で、やるそうだ」

いや、しかし、と言い返す言葉も呑み込んだ。この急な展開は、裏の事情があったということだ。現場が異議を唱えても仕方のない、大きな力が働いたようだった。隼人はうつむいた。

「それでは、所轄の大井署に最後の報告をしてきます」

「メールで送ればいい」

「はい。では、報告書を急いで仕上げます」

隼人は席を外して部屋を出た。

エレベーターに乗り、一階のロビーで缶コーヒーを買って、隅のベンチに座った。辺りを見渡し、自分のスマートフォンで、一緒に道場の玉乃井を訪ねた大井署刑事課の署員に架電した。

「公安部は捜査から外れることになりました」

「ああ、ご苦労様でした」

驚きもしないのは、既に知っていたからだろう。所轄署の刑事課は本庁公安部の介入を嫌がったに違いない。

「そちらへ送る報告書を作成中なんですが。司法解剖の報告は来ていますか?」

「読んだ。見分調書を裏付けたかたちだ。赤石が安松を刺殺して、六階通路から路上へ飛び下りた」

「自殺で決まりですか」

「そうだ。現場検証でも、赤石が手摺りを乗り越えた跡があった」

「赤石の背後関係ですが」

と言いかけた隼人の言葉を奪うように、

「それは無いみたいだな。刺された安松が赤石にカネを借りていて個人的なトラブルになっていた、と情報が来た」

　隼人の表情が曇る。

「刺された安松ですが。安松に成りすました別人だという線は？」

「安松だ。タイで死んでいなかった」

「死体の顔と、タイへ逃亡する前の顔が、違うようですが」

「整形したんだろ」

「死体のデータと逃亡前の安松のデータは照合しましたか」

「したよ。指紋写真のデータは一致してるし」

　声が怒っている。若造が偉そうに、という口調だ。

「ＤＮＡ型鑑定は？」

「逃亡前のデータがない。それに、死体も、さっき引き取られていった」

「安松の関係者が？」

「親族が来たらしい。もう荼毘《だび》にふしてもらっても構わないがね」

　ご苦労さんでした、と一方的に通話は切れた。

8

第十一係のデスクに戻ると、隼人は卓上電話で、「火天の誓い」品川道場に架電した。

「はい？」

今朝応対した女の声だ。

「今朝お邪魔した警視庁の者です。玉乃井さんは帰っていますか」

「いえ、まだ」

「玉乃井さんのケータイの番号を教えていただけますか」

「マスターは、そういうものは持っていません」

「連絡は取れないんですか。どこにいるかはご存じない？」

「本部で修行しているかと」

「では本部に連絡すれば話せますね」

「いえ、修行中は」

硬い拒絶の響きは揺るがない。

「ビッグノーウェアにいらっしゃるんですね」

「そうです」

通話を切って、腕組みをした。女にも玉乃井の居所はわからないのだろう。女の怯えた目を思い出した。不安なまま独りで道場の留守番をしているのだ。

玉乃井が本部で修行しているというのは嘘。携帯電話を持っていないというのも嘘で、女が掛けても通じないのだろう。

隼人はパソコンで、玉乃井の教団時代の履歴を見た。広報連絡担当部門で、赤石と接点はないようだった。知らないというのは本当かもしれない。別の内容が隼人の注意をひいた。玉乃井は仙台市の支部にいて、震災の後で東京へ移っていた。赤石たちが仙台市照浜で津波に遭った時、玉乃井は同じ仙台にいたのだ。

隼人は、公安部内の共有フォルダで依頼項目のページを開き、品川観察所からの要請という体で総務課に申請した。玉乃井の携帯電話の電波が現在どこから発信しているか照会してもらえるように。

申請を登録すると、次に、自分のスマートフォンの画像から、刺殺現場の通路で撮った「安松豊」の顔写真をパソコンに取り込んだ。

簡易な画像処理機能だが、できるだけ鮮明にして、ビッグデータ内の「組織犯罪関係者」を指定し、ＡＩ顔認証照合システムに掛けてみた。結果は、該当者なし。タイへ逃亡する前の「安松豊」も含めて、死体の顔と一致する人物はいなかった。念のために「龍神天命教団関係者」にも照合したが結果は同じだった。

隼人は自分のスマートフォンに別の画像を表示した。

現場マンション三階の若い母親が撮った画像に偶然写り込んだ人物。

つぶやいて奥のデスクの係長をうかがった。係長は椅子を半回転させ窓の外を眺めて卓上電話で話している。

「ユーレイ、か」

隼人は、黒い人影の画像をパソコンに移した。

黒いロングコートに黒ズボン。長身の死神のような姿を拡大し、近接化と先鋭化の画像処理を繰り返して、顔面を鮮明にしていく。

頬が落ち、顎が尖《とが》り、唇は薄い。鼻筋が通って整った顔をしている。まなざしは冷たく、鋭い。画像が鮮明になっても、人間らしい温かみはあらわれず、女の子が言っていたとおり、死神か幽霊という印象が強くなった。

先輩の巡査部長が隼人の後ろをすり抜けていくので慌てて画像を最小化した。

「昼飯行くか？」

「報告書が。すいません」

先輩が出ていくと係長と二人だけになった。受話器を置いて係長は何かの報告書を読んでいる。隼人は男の画像を「教団関係者」に照合した。一致する人物はいない。

「組織犯罪関係者」にも掛けたが、やはり誰も挙がってこない。

行き詰まった、と胸中でつぶやき、椅子の背もたれに上半身をあずけてのけぞるように天井を見上げる。

この人物は事件現場にいた。事案に関わっているはずだ。赤石とは行動を共にしていなかった。刺された安松の仲間か。とすれば、反社会勢力の一員か。

だが、昨日刺された安松は、本当に、四年前にタイへ逃げた安松なのか。別人だとすれば。安松豊に偽装して刺殺された男は、組織犯罪の構成員ではない、となると。

隼人は視線を画像の男に戻した。

あるいは、この男も昨日死んだ安松も、何かの潜入捜査をしている警察の特殊チームかもしれない。

素早くキィボードを叩き、警視庁と関東全域の警察官の登録写真にＡＩ照合を掛けた。

一致する人物はない。

やはり行き詰まったか。

ふと気づいた。この事案は、死者が死者を殺して死んだ事件なのだ。

隼人は、警察官に、「物故者」、「退職者」、「出向者」の条件を加えて照合しなおした。

「照合中」の文字が明滅する。

パソコンの画面が真っ暗になった。

「あれ？」

キィボードを叩いてみる。

画面が明るくなった。回復したようだ。しかし、照合システムは中断して消えていた。鮮明化した黒衣の男の画像もなくなっている。ＡＩ照合システムを再度起ち上げようとしたが、システムエラーの表示しか出なくなった。

隼人は不安な表情で、ビッグデータから、赤石や左納たちのデータをダウンロードしておこうとした。データは出てこない。パソコンに不具合が生じたのか、さっき閲覧していたデータにはアクセスできなくなっていた。何度かパソコンを再起動しても変わらない。他の機能は正常に動いているのに。

隼人は、机の縁に両手の指を組んで乗せ、しばらく考えていたが、近くの卓上電話の受話器を取って、備え付けの庁内電話番号案内簿を広げた。

「捜査支援分析センターです」

「公安第十一係の宮守です。昨日の大井署管内の刺殺と飛び下りの事案、周辺の防犯カメラの解析結果を知りたいんですが」

デスクで係長が顔を上げてこちらを見る。隼人は空いている片手でキィボードを打つ真似《まね》をして、報告書を、とささやいた。

「お待たせしました」

別の声に替わった。

「捜一には結果を上げておいたんですが。周辺の路上は、降雪で録画状況が悪くてね。画像を精査しましたが、特に何も映っていませんでした」

「黒いロングコートの男は？」

「は？」

「事件の前後に、現場マンションに出入りした男がいるのですが」

「いや、いません。建物の玄関、一階エントランスと非常階段が映っているカメラ、それとエレベーター内のカメラ。映っているのは、六階から墜ちた男、母親と子供、宮守さん。その他に出入りした人物はいませんでした」

「そんなはずはありません。マンション住民の目撃情報があります」

「確かに精査しました」

「おかしいな。画像データを後から編集した形跡はないですか」

「誰がそんなことするんですか」

あなた大丈夫ですかという口調でそう訊き返してくる。隼人は言った。

「その画像を見せてもらえますか」

「公安部のサーバに送ります」

担当者は不愛想に答えて、接続用のＩＤアドレスを教えた。

隼人は共有フォルダに送られてきた画像を開いて見た。

現場マンションの玄関と一階エントランス、エレベーターの乗り降りを捉えた防犯カメラの映像で、画面の端に非常階段のドアも映っている。母子がエレベーターから出てエントランスで遊ぶところも、隼人が入ってきて母子とエレベーターに乗るところも映っている。その十分後に、隼人が降りてきて駆けつけた警官たちを迎え入れている。他には誰も映っていなかった。

「これはおかしいだろ」

画面に顔を寄せて繰り返して見た。映像を編集したり加工した形跡があるかはわからない。だが何かが変だ。係長の視線を感じながら、スマートフォンにある画像を自宅のパソコンへ送っておいた。

手元の電話が鳴った。分析センターから確認を取りに掛けてきたのだと思い、手をのばして受話器を取った。

「確かに、このカメラには、映っていませんでした」

「宮守さんですね」

違う男の声だった。深みのある年配者の声だ。

「はい」

「警視監の樽下《たるした》です。お訊きしたいことがあるので来てもらえますか」

「いまからですか」

「そうです。副総監秘書室です」

警視監。副総監秘書室。足を踏み入れたことのない雲の上の世界だ。警視監とは、警視庁内では局長級、都道府県なら本部長級だ。隼人は、酸素不足の金魚鉢の金魚のように、口を丸く開けて息を吸い込んだ。机上に放り出していたマスクを着けて席を立った。

9

警視庁十一階。

通路の奥には警視総監室のドアがある。全面曇りガラスのドアだ。その手前に、同じ外観のドアがあった。「副総監　秘書」の文字が入っている。

隼人が入ると、奥の執務机から制服姿の男が立ってきた。布マスクを着けている。

「すまないですね。仕事中に」

穏やかに言い、黒い革張りのソファ・セットに座るように勧め、向かい合って腰を下ろした。

　樽下警視監は、五十代半ば。七三に分けた髪は半白、痩せて小柄。眼鏡の奥の瞳が聡明な光をたたえている。隼人に向けられたのは、親しみのこもった観察眼といったまなざしだった。

　世間に公表される警視庁人事名簿には載らない極秘の役職がある。公安部のトップだった切れ者がそういう職分の副総監職を拝命した、と聞いたことがある。

「宮守君のお父上は宮城県警の警部補だったね」

　隼人はとまどった。この人は、父を直接知っていたのか。それとも、宮守隼人の履歴を調べたのか。

「県警本部の生活安全課にいました」

　樽下の顔が悲しげに曇る。

「三月十一日は、非番でご自宅に？」

　隼人は頬がこわばるのを感じた。

「はい。自宅から車で避難しようとしたところを、津波に襲われました」

「お母上と、大学生だった君も、一緒に」

　隼人は硬い表情で樽下を見た。

「私は何の話で呼ばれたのでしょうか」

「赤石功の件だ」

隼人の瞳の奥底を覗き込むように視線を合わせてくる。

「九年前に、君が照浜の避難所で、居合わせた警官に訴えた内容は、『龍神天命教団』関係の捜査記録の中に残されている」

「私の証言が？」

「当時読ませてもらった。私は教団壊滅作戦の指揮を執っていた公安部の一員だった」

そこまで言って今度は樽下が黙った。訊きたいことがあるだろうから質問させてやろうというつもりなのだ。隼人は訊いた。

「あの時の男たちは、津波から助かっていたんですか」

「後日、死体が確認された者が二人。だが、赤石と左納は死体が見つからず、教団幹部検挙の際は、認定死亡に準ずる扱いでリストから外した」

「赤石がハギという名で生きていました。きっと左納も」

樽下はまたうなずいた。君の心情はわかっているというふうだった。

「短時間でそこまで突きとめたのはたいしたものだ。公安部に君のような人材がいてくれて頼もしい」

だが、とあらたまった顔になる。

「公安部は本事案の捜査から離れた」

「聞きました」

「しかし、君は第十一係だから、『火天の誓い』関係の捜査という体で、赤石の背景や左納の生死を追っていくのだろう」

「はい」

「それをしばらく控えてくれ」

隼人は黙った。樽下も黙っている。訊いてもいいぞ、というより、訊け、ということらしい。隼人は訊いた。

「なぜでしょうか？」

「深入りすれば君の命が危ない。危険回避の措置命令だと理解してほしい」

樽下は言い切って厳しい顔で口を結ぶ。これ以上の説明はできないし、しないつもりなのだ。隼人も黙っていると、樽下は表情を少し緩めた。

「後で、君にも、報告と説明をしよう。以上だ」

第十一係の自分のデスクに戻ると、係長に呼ばれた。ご苦労さん、と労をねぎらう笑みを浮かべる。

「二、三日、溜まっている分の振り替え休暇を取って、休養しろ」

「ありがとうございます」

隼人は頭を下げた。

「休暇の後は、品川道場の観察に戻ってもよろしいんですか？　玉乃井や信者に顔がばれてしまいましたが」

「観察所への出入りに気をつけろ。任務は続けてくれ」

隼人をあの道場から遠ざけようとしない。上から詳しい話は聞かされていないらしい。

隼人は席に戻って、所轄署へ送る報告書を作成した。自分が遭った事実だけを記した。胸中にあるのは、憤りだった。上からの命令や指示は守る。しかし赤石や左納の件は、自分の問題だった。

樽下副総監の目を誤魔化してどうやって左納に迫ればいいだろうか。隼人はキィボードを叩きながら考えを巡らせた。

パソコンに通知が届いた。総務課に申請しておいた照会依頼の結果だった。

品川道場の玉乃井名義の携帯電話は、現在、仙台市内で微弱電波を確認できる。

発信元の詳細な住所と地図が添付されていた。

10

菊池幻次は、紺の背広上下に白いシャツ、えんじのネクタイという勤め人風の姿で神楽坂を上っていく。

昨日とは打って変わり穏やかな天気の日曜日だった。

午後の陽射《ひざ》しが降る坂道を、いつもなら買い物客や観光客がそぞろ歩いているはずだが、人の数は少ない。

平凡な出《い》で立ちの菊池を、すれ違う人が無意識に避けて通る。マスクで顔の半分が隠れていても、この場所、この時間にそぐわない凄愴《せいそう》の気を感じ取るからだった。明るい空を背景にして、菊池のシルエットは、深い闇を孕《はら》んだ孤影と映る。陽の射さない狭い路地に折れ、石段を下り、更に奥まった人けのない路地へと入っていく。

間口の狭い家屋が並ぶなかに、一軒の古道具屋がある。木造二階建ての古民家だった。路地に面した丸いガラス張りの陳列棚に、微細な装飾の薩摩焼《さつまやき》の花瓶が飾ってある。

菊池は「古美術　月照」の札を掲げた格子戸を開けた。建付けが悪いのか、かたかたと引っ掛かりながら戸が開き、薄暗い土間に弱い光の筋がのびる。壁の棚や、土間を占める平卓に、陶器、鉄器、装飾品の類《たぐい》がひっそりと並んでいる。

菊池は敷居を跨《また》いで戸を閉めると、土間を横切って、この時だけマスクを外し、店の奥の格子戸に手を掛けた。顔面、目の虹彩、指紋の認証が瞬時に済んで、戸が解錠される。

土間が続く。正面の板張りの壁に、大島紬《つむぎ》の西郷柄《さいごうがら》の縦長のタペストリーが掛かっている。右手は板の間。左手の壁に、人の背丈ほどある木の棚が置かれている。後ろ手に格子戸を閉めると、木の棚が自動的に壁に沿って移動し、地下へ続く階段が現れた。

御影石の石段は古道具屋の真下へと下りていく。石段の壁は、城郭の石垣に似た灰色の鉄平石《てっぺいせき》。近代の遺跡のような場所だった。石段を下りきると頑丈な木の引き戸がある。片手を掛けると滑るように開いた。

明るい現代的な部屋に入った。

左手の壁には、一枚の扉と、書棚。書棚には古いファイルケースやノートが整然と収められている。

正面の壁には、長机が据えられ、パソコンが並んでいた。その上の棚にはハードディスクや電子機器類が設置されている。

右手の壁面は、液晶の大型ディスプレイになっている。

菊池が入った引き戸のある壁は、半分が、シンクや冷蔵庫、電子レンジなどで占められている。天井には埋め込み式の電灯と、エアコンの空気孔。

部屋の中央には、楕円《だえん》形のどっしりとした一枚板の平卓が据えられ、椅子が三脚ずつ、平卓を挟んで向き合っている。背もたれは高く、放物線状のデザインで、英国風の骨董《こっとう》品と見える木製の椅子だった。

右手の椅子には、液晶パネルに背を向けて、三人の課員が座っていた。奥のパソコンの側に、三十代半ばの南洲。真ん中に、四十歳前後の大島。手前に、三十代半ばの貴地野。密集、密接、密閉の見本のような状態で、さすがにマスクを着けている。

菊池は、左手の奥の椅子に座っている樽下に向いた。

「警視監、わざわざ出向いていただいて。ご足労をお掛けします」

布マスクを着けた樽下は、いいから座れ、と目で示した。菊池は引き戸に近い手前の椅子に就いた。樽下は四人揃った顔ぶれを見渡した。

「市毛君のことは残念だった」

昨日菊池がスマートフォンで話していた声だった。四人は表情を変えない。樽下の顔が険しくなった。

「捜査報告によると、赤石は、品川の道場に玉乃井を訪ねた際、安松はどこか、とは訊かず、市毛という男がいるか、と訊いた」

四人は黙っている。

「Fの内部情報が漏れたのは初めてだ。課員の名前まで。漏洩《ろうえい》ルートを探っているが特定できない」

誰も口を開かないので、

「捜査方針を見直さなければならんな」

とつぶやいた。

F。ファントム《Fantôme》課。神楽坂の独立特別捜査隊は百五十年間近い歴史の中で、戦後はそう呼ばれてきた。正式な名称は無い。正式に存在を認められたことはなかった。警視庁内でその存在を知るのは、現在、大山《おおやま》警視総監と、樽下副総監、その他数名の補助担当官のみだ。

刺殺された市毛を始め、菊池、大島、南洲、貴地野は、警視庁警察官名簿に名前はない。課内での呼び名はコードネームだった。課長は、初代の「菊池大膳《だいぜん》」以来、「菊池」姓を継いでいる。現在の課長である菊池幻次は、鋭利な眼光で樽下を見返した。

「赤石はためらわずに市毛を襲いました。背後にいる者は、我々を殲滅《せんめつ》するつもりでしょう」

貴地野が真剣な表情で身を乗り出した。

「赤石にこちらの情報が流れたのは、警視庁内にモグラがいるからでは？」

大島が首を横に振った。

「たとえモグラがいても、俺たちの存在は見えないだろう。記録もデータもないんだから」

南洲が言った。

「警視庁でないなら、モグラの穴は、警察庁にあいているということですか」

南洲はこの本部に常駐して情報収集を担当している。色白で、細い目に冷静沈着な光を宿していた。

確かに、警視総監より上位の警察庁高官なら、極秘に警視庁の内部調査ができる。

貴地野はつぶやいた。

「雲の上に、モグラが？」

樽下は指で卓上をコツコツと叩く。根拠はないが、あり得ることだと考えたのか、

「調べてみよう」

と言った。

11

警視庁独立特別捜査隊ファントム課。「F」は、国家権力最深奥部の闇の底に存在する警察隊だといえる。

明治政府が警視庁を開設した明治七年（西暦一八七四年）から存在するが、明治二年（西暦一八六九年）には既に、西郷隆盛《たかもり》によってその前身である「菊池隊」が極秘裏に創設されていた。当時、開国した日本国内には、欧米列強の覇権主義者たちが滞在していた。そのなかで特別危険な、我が国を侵略、征服しようと策動する陰謀家たちを探索し、処理するのが菊池隊の目的だった。

以来百五十年近く、この隊が不要な時代はなかった。

現代においても、菊池隊の時代と同様、一般の目に触れ得ないところで、侵略勢力は絶えずうごめいており、国家の主権を揺るがし、国民の生活を侵している。菊池幻次は、初代の菊池大膳から二十五人目の「菊池隊隊長」だが、自分が行なっていることは先の二十四人と変わらないと認識している。自分たちは現在進行中の影の侵略戦争における迎撃隊であり防波堤なのだ。

「現況を確認しよう」

樽下が言った。

南洲がパソコンに向かい、壁のディスプレイに、一隻の中型船の画像を映し出す。黒い船体の、特徴のない船だった。どこかの港に停泊している。

「時系列で再確認しましょう」

南洲が説明した。

「九年前の三月、杭州《こうしゅう》湾を出て東シナ海で漁をしていた中国船籍のフーファイ号です。海上で瀬取りする密輸の中継船として、当時、ソトニ（警視庁公安部外事二課）がマークしていました」

船と並んで、別の画像が出た。黒いスーツケースだった。「四十センチ×六十センチ×二十二センチ」と寸法が記されている。何の変哲もないスーツケースだ。

「この画像、カザフスタンの武器商の闇カタログにありました。過去ログの中にですが。ロシア製の改良型です。九年前、これと同じ物が、カザフスタンの武器商人から出荷され、シンガポール、タイ、上海《シャンハイ》を経由して、フーファイ号に積み込まれた。東シナ海のどこかで、日本の船に移され、日本国内に入った」

スーツケースの画像を拡大する。

「という事実がわかったのが、九年経った、いまから三カ月前。フランス国家警察総局のテロ対策調整室が半年前に武器商人を捕まえて取り調べた結果を、うちのハム

（警視庁公安部）さんに伝えてきた。武器商人は日本の誰が買ったかを知らない。仲介業者が何人も間にいましたから。九年前に日本のどこかに消えたスーツケースの行方を、ハムさんが追いはじめ、警視監は、我々にも探すようにとおっしゃいました」

スーツケースの画像の下に、剃髪《ていはつ》した異様な風貌の男の胸像が出た。海坊主のようで、眠たげな茫洋《ぼうよう》とした目をしている。八年前に逮捕された「龍神天命教団」の教祖だった。

「当時、国内でテロを計画して武器を買い集めていたこの教団が購入したのではないか。ビッグデータに保存されていた教団の会計記録を精査して、九千万円の使途不明金を見つけました。攻撃用ヘリコプター二機の購入費を水増し報告して誤魔化していた数字です。武器商人の言う売り値と仲介料の相場を合わせると、金額が一致します。スーツケースを買ったのは教団です」

フーファイ号の下に、別の一隻の船の画像が出た。フーファイ号と同クラスで、同じように特徴のない中型船。

「第三アオイ丸。フーファイ号と同じ時に同じ海域にいた日本の漁船です。二隻は似ています。瀬取りしやすいように同じ外観の船を使っている。後にソトニによって壊滅されましたが、日中の密輸ルートができあがっていました。この時、東シナ海で接触した二日後、第三アオイ丸は仙台の照浜漁港に入港しました。しかし着岸した直後に、東日本大震災が発生。津波を恐れて緊急出港し沖合へ避難しています」

教主の下に、四人の男たちの顔写真が並ぶ。

「軍事活動部門の信者たち。この日、照浜で津波に遭って、うち二人は死体が確認された。左納と赤石は行方不明で推定死亡扱い。漁港へ着く前に遭難していたので、第三アオイ丸からスーツケースを受け取っていなかったはずです」

四人の隣りに、品川道場の玉乃井の写真が出た。

「教団仙台支部の責任者だった玉乃井です。現在は『火天の誓い』品川道場のマスター。左納や赤石と直接会ったことはないかもしれませんが、第三アオイ丸と積み荷のスーツケースの、震災前後の動きを知っているのは、この男でしょう」

いったん言葉を切って樽下を見た。樽下が続きを促すようにうなずく。

「我々の捜査方針ですが、大森海岸の賃貸マンションに拠点を設け、市毛が安松豊に成りすまして、玉乃井に接触し、入信を希望。潜入捜査に入ろうとしていました」

南洲は菊池に目をやる。ここまではこちらの予定通りだったのだが、という目だ。

菊池が話を継いだ。

「昨日、ハギと名乗る赤石が、品川道場に現れた。玉乃井に、市毛の居所をたずねた。市毛など知らないと玉乃井は答えたはずだ。赤石は、市毛が安松と名乗っていることを教え、玉乃井は、安松の住所を教えた。赤石はまっすぐそこへ行き、市毛を刺した」

貴地野がスーツケースの画像を指さした。

「赤石はこれを探すつもりだった。日本のどこかにあると、最近知ったんですよ。情報元は、我々が知ったのと同じで、フランスから警視庁に来た情報です。モグラが赤石の側へ流した。モグラは同時に、市毛が玉乃井に接近していることも教えた。赤石は、先《ま》ず市毛を排除してから、スーツケースを探そうと考えた」

大島は貴地野に向いた。

「何のためにこれを探す？　教祖の遺志を継いでテロをやり遂げるのか？」

南洲の目が冷たく笑った。

「赤石たちのデータを読んだが、それほど信心深いやつらじゃなかった。教祖の反国家思想に便乗して、テロ騒ぎを起こしたがっていたらしい。いまは教団もない。カネのため、どこかへ売り飛ばすつもりだろう」

菊池は樽下に言った。

「赤石の背景を探ります。左納という当時のリーダーも行動をともにしているのかどうか。教団の壊滅後、二人はどこかの組織にリクルートされたのかもしれません」

樽下はスーツケースの画像を見た。

「これはどうする？」

「捜査を継続します。九年間も隠してあるのなら、その場所で、放射線量の異常が報告されているはずです。併せて、玉乃井を追います。昨夜から行方をくらませているので」

樽下は四人を見渡した。

「すみやかに進めてくれ」

南洲が訊いた。

「ところで、第十一係の若いやつはどうなりましたか」

「私が直接、釘《くぎ》をさしておいた。昨日の事案の捜査データは全て上書きしてくれたな？」

「はい。若いやつが閲覧したデータも、全てアクセス不可にしました。勘の良いやつですよ」

「新米だが優秀だ。気をつけろ」

菊池が訊いた。

「処理しますか」

樽下は首を横に振った。

「消す必要はない。彼なりの方向から背景に迫っていくかもしれん。観察しておけ」

そう言い置いて、警視庁へ戻るために席を立った。

12

仙台市内。

夜の九時。人の流れが少ないのは、日曜日で仕事が休みだからか、新型コロナに対する自粛なのか。

隼人は、カワサキZ六五〇をコンビニの駐車場に停めて、店内で、雑誌や漫画本を片端から手に取り、どれを買おうかと迷うふうにページをパラパラとめくっていた。

外気温は十度を下回っているだろう。東京から高速道路を走りつづけて体が冷え切っていた。

ガラス越しに、駐車場と狭い街路、道向かいの建物が見える。鉄筋コンクリート三階建て、何の変哲もない建物だ。窓に厚いカーテンをひいていて、陰気な雰囲気だった。

隼人は、時間休暇と二日間の振り替え休暇を取り、郷里に姉を訪ねると言い置いて、ここへ来た。

品川道場の玉乃井の携帯電話がこの建物から微弱な電波を発している。以前、「龍神天命教団」の仙台支部だった建物だ。

教団消滅後、教団の財産や施設は、裁判所の命令で特別な管財団体が組織されて管理し、売却処分された。この建物は買い手がつかなかったようで、与党の義民党《ぎみんとう》地元議員の関係する不動産会社が買い取った。廃屋同然に放置されているらしい。

灯《あか》りは漏れておらず、人の居る気配はない。

コンビニの店内は明るい。もし玉乃井が建物の窓から注意して見れば、隼人に気づくだろうと思えた。店員の視線も感じる。長居はできなかった。雑誌棚の端まで行きついて、仕方なく逆方向に戻りはじめた時、建物に動きがあった。

ガレージのシャッターが内側から開けられ、一台のワゴン車が出た。フロントガラス越しに、後部席に三人の頭が見えた。車が路上に出ると、側面は濃いスモークガラスで、室内は見えなくなった。シャッターを開け閉めした男が助手席に乗り、車は夜の街へ走りだす。玉乃井が二人の男に挟まれて乗っていたように見えた。

隼人は店を出て、フルフェイスのヘルメットを被《かぶ》ると、車を尾行した。

車は夜桜の街を抜け、四号線を横切り、東部道路をくぐって、海岸部へと走った。幅の広い道路に入る。震災復興道路と呼ばれる道路のうちの一本で、照浜へ続いていた。路面は明るい街路灯に浮かび上がって、道路の両側に更地や作業場が連なっている。

照浜地区に入った。

星空を背景にして、巨大な箱型の建造物の影が眼前にせりあがってくる。

何だこの施設は？　隼人は啞然とした。こんなものがいつできたのか。ここは照浜の集落だった。隼人の実家もあった。実家の土地も呑み込んで、広い敷地が高い塀に囲まれている。

道路は街路灯で明るいのに、塀の内部は真っ暗で、施設は稼働していないらしい。

ワゴン車の他に道路に往来はなく、隼人は尾行を気づかれるのを警戒し、速度を落として距離をあけた。

車が施設の敷地内に消えた。北に面した正門が開いていて、そこから入ったのだ。

隼人は、西面の塀に沿った道に折れて、バイクを停めた。

ヘルメットを外して塀の内側の気配を探った。音や声は聞こえてこない。

教団の支部だった建物とこの巨大施設とがどう結びついているのか。

車の走る音がする。正門を出て、ライトの明かりが路上に射して近づいてくる。隼人はバイクに跨ったまま通り過ぎるのを待った。車は隼人が潜む西の塀沿いの道に入ってきた。隼人とバイクがライトに照らし出される。

車はバイクの前で停まった。黒い国産高級車だった。ライトを点け、エンジンを掛けたまま、誰も降りてこない。隼人は光の輪に浮かぶバイクから降りて、塀とは反対側の道端に立った。

運転席のドアが開き、男の影が降り立つ。隼人は身構えた。

「隼人か？　こんな所で何やってんだ？」

聞き馴染《なじ》みのある声だった。男は歩み寄り、シルエットになっていた顔が見えた。

「義兄《にい》さん？」

姉と復興住宅で暮らしている伊織崇《いおりたかし》だった。髪をセンターで分け、骨張った顔が以前よりもふっくらとしている。値の張りそうな上下揃いの背広を着ていた。東京の義弟に会って素直に驚いている。隼人は言った。

「休暇を取ったんだ。こんな所って言うけど、ここは実家のあった場所だよ」

「そうか。里帰りか」

納得した声には、居丈高で相手を小馬鹿にしたような響きがあって、身内に対する親しみや温かみはない。身なりは良くなっても、顔つきは以前よりも貧相になったように感じる。隼人は、義兄に対するといつも覚える嫌な気分になった。

「義兄さん、この施設は何だ？」

「震災復興流通事業センターだよ。ニュース見てないのか」

「俺の家があった土地は？」

「売れたよ。どうせ永久に居住禁止区域だ。このセンターの建設計画ができたおかげで、世間並みの評価額で買い取ってもらえた。久保城《くぼしろ》先生のご尽力で」

久保城は、義民党の地元選出議員で、東日本大震災復興担当大臣として国策の復興対策事業を統括している。ワゴン車が出てきた元教団の建物も、所有しているのは久保城が関係する不動産会社だった。

運転席のドアが開いたままで、後部座席の男が見える。

五十代半ば、銀縁眼鏡を掛け、崇よりも高級そうな背広、白地に赤い花柄のネクタイ。こちらをうかがう目には傲慢で狡猾《こうかつ》そうな光がある。久保城議員ではない。崇は訊いた。

「うちへ寄っていくのか」

休暇で里帰りしているということを疑われたくないので、

「ああ」

と言葉を濁した。

「泊まっていけよ。俺は、境《さかい》先生の用事で、今夜は帰れない。ちょうどいいや。小絵《さえ》にそう言っといてくれ」

じゃあな、と運転席に戻り、ドアを閉めた。

車はバイクを避けて動きだし、川沿いの道路のほうへ走り去った。

後部座席の男が「境先生」であるらしかった。隼人はその男の視線を感じながら道端で車を見送った。不審がる境に、崇は、里帰りした義弟が実家のあった場所で思い出にふけっていたのだと説明しているだろう。

隼人は塀際を歩いていき、北面の塀を覗き見た。

街路灯に照らされた正門の前に、男が二人立っている。こちらを指さし、話していた。正門から出た境の車が、道を折れてからしばらく停まっていたのに気づいて、警戒しているのだろうか。二人は懐中電灯を手に、こちらへ歩きだした。急ぎ足で近づいてくる。隼人は小走りにバイクに戻ると、跨って始動し、無灯火で川のほうへ走りだした。

川向こうの小高い場所に、復興住宅の灯《あか》りが浮かんでいる。

13

朝日が射し込むキッチンで、小絵は弁当を三つ作っている。

自分が仕事に持っていくのと、隼人に持っていけと勧めるのは、食パンと朝食の残り物で作るサンドイッチだ。あとのひとつは豪華だった。何時に帰ってくるかもわからない祟のために、ちらし寿司と、酒の肴《さかな》になる総菜を、出勤準備の時間を削ってわざわざ作っている。

灰色のカーディガンを着た小絵の後ろ姿は、以前よりも細く、薄くなったようで、どこか体の調子が悪いのではないかと心配になる。崇のふっくらとした顔や高価な背広姿を思い出して不快な気分になった。

　小絵は食卓をちらと振り返り、

「ご飯、毎日ちゃんと食べてる？」

総菜を小鉢に移し、ラップを掛けて冷蔵庫に入れる。

「食べてるよ。店は幾らでもあるし、スーパーやコンビニでお一人様用のおかずもいっぱいあるし」

「好きなものばっかりで偏食してない？　フライドポテトとか唐揚げとか」

「大丈夫。栄養バランスには気をつけてるから」

姉さんこそこんな生活をしていて大丈夫なのか、と言いたいのを抑えたが、

「姉さんも東京に来ないか？　実家もなくなっちゃったことだから」

本音が口をついて出ていた。小絵は調理台を手早く片付ける。

「東京はいま新型コロナでたいへんでしょ」

「それは世界規模だろ」

「こっちはそれほどでもないわ」

「じゃあコロナ禍がおさまったら」

小絵は困ったという横顔になる。

「崇さんが境先生のお世話になってるし。わたしだって」

境先生というのは、久保城議員の後援者で、地元の利権を仕切っている人物だと小絵に教えられた。この地の実力者だ。崇は境の運転手や使い走りの仕事をしており、小絵もそのコネで、先月から土地の不動産関連会社で事務員として働いているという。

「それに、生まれ育った場所だし」

小さくつぶやいた。隼人の向かいに座ると、昨夜の残りで日持ちのしないおかずを片づけるように食べた。姉の疲れた顔を見ていると、実家の土地はどう処分されたのか、とは今は訊けなかった。

「八尾《やつお》のおじさんが亡くなったのよ」

「おじさんが？」

照浜の漁師で、隼人の実家のあった町内会で役員をしていた。震災と津波で家族とあらゆるものを失《な》くして、復興住宅で独居老人となっていた。

「いつ？」

「年末に」

小絵は立ち上がって自分の食器をシンクに運ぶ。

「年末年始に姿を見ないから、どこか親戚のところへでも行ってるのかしらって話していたんだけど。おじさん、布団のなかで。見つかった時には死後二週間ほど経っていて」

隼人は子どもの頃に八尾のおじさんの漁船に乗せてもらったことがあった。明るい賑《にぎ》やかな家族で、町内会の催しには中心になって参加していた。あのおじさんが復興住宅の一室で孤独死をするなんて。おじさんも自分の土地をあの巨大施設に奪われたのか。

朝からやるせない気持ちになる。震災で心に空いた穴は誰にも二度と埋められないのだと思う。

「あの頃はほんと楽しかったなあ」

自棄《やけ》になったふうに言ったが小絵は答えなかった。

小絵が家を出る時刻が迫っていた。隼人は出発の用意を済ませて玄関で待った。小絵は靴を履く前にスマートフォンでメールを打つ。ちらし寿司のことを崇に伝えているのだろう。

震災前、小絵が漁業協同組合で働いていた時に、チンピラ然とした崇は、ストーカーのようにつきまとって、小絵に避けられていた。津波で隼人以外のすべてを失った小絵の心の痛みに、いつのまにか崇は絡みつき、小絵を奪ってしまった。隼人は、崇を許せない。崇と暮らす小絵には、ずっと歯がゆい思いでいる。

団地の駐輪場に一緒に下りた。小絵は五十ccのスクーターで出勤するのだった。

「東京へ帰るの？」

「うん。海を見てから」

小絵は、そう、と俯《うつむ》いた。表情が翳る。防波堤に立って海を見ることが、小絵には、まだできないのだ。

「姉さん一度東京へ遊びに来いよ。案内するから」

「そうだね、でも何やかやと日々忙しいから」

小さく笑った。

「えらく東京推しだね」

「コロナ禍がおさまったら。きっと」

小絵を見送ってから、隼人もカワサキZ六五〇に跨った。

団地の出入口にあるガソリンスタンドで給油してから、海のほうへ走る。河口の橋を渡り、照浜地区に入った。

14

エンジンを切ると、波の音がする。

隼人はフルフェイスのヘルメットをサドルシートに置き、潮の香りを吸い込んだ。

照浜海岸。東京から約三百五十キロ。ふるさと。

バイクを離れ、巨大な黒い壁に見える防波堤の階段を上がる。

防波堤の上に立った。

砂浜に打ち寄せる波が白い帯となって浮かびあがっていた。高さ二十メートルの防波堤を新しく築いて立ち入り禁止にする以前は、大勢の海水浴客で賑わっていた浜辺だった。

太平洋の海原を見はるかす。父と母は、この海のどこかにいる。いまだに行方不明の二千五百人以上の人とともに海の底に眠っている。

年明けから感染が拡大した新型コロナウイルスの影響で、今年は予定されていた政府主催の東京での追悼式が取り止めになった。隼人は、毎年その日、ここへ還《たむ》ってくる。仕事の都合で無理な時は、今日のようにその前後に必ずここに立つ。花を手向けることはない。父や母が好きだったものを供えることもない。無言でただ海辺に佇《たたず》んでいる。

慰霊のためだけに戻ってくるのではなかった。

怒り。憤り。恐れ。恨み。憎しみ。

絶やすわけにはいかない炎をあらためて掻《か》き立てるために、ここに立つ。

隼人は、海に背を向けて、陸地を見下ろした。

海岸沿いに何キロもつづいていた松並木も、あの日、なぎ倒されて消え、何本か残った枯れ松が、歪《ゆが》んだ指の骨のように斜めに天を指している。いまも荒漠とした眺めだ。

眼前に広がっているのは、この世なのか、あの世なのか。

どちらとも言いがたい、地上の冥界。

自分は生者なのか、それとも死者なのか。その狭間《はざま》に、佇んでいる。そんな気分になる。

震災遺構と呼ばれる漁業組合の三階建ての廃墟が、うずくまっている。照浜地区はすべてが流されてしまって、ひび割れた道、コンクリートの土台、曲がった鉄筋、屋根瓦の欠片《かけら》、流木となって朽ちた柱、そんな瓦礫《がれき》が雑草に埋もれているばかりだ。町がなくなり、住民は離散した。災害危険区域に指定されて居住を禁止されている。

隼人は荒れ地の一点を見つめる。

集落のあった一角で、傾いだままの電柱が目印になる。陽光に向かってまっすぐに歩いていた屈託のない十九歳の大学生は、あそこで消え失《う》せた。一緒に避難しようとしていた父と母が消えた場所だ。巨大災害が原因ではない。災害の場で出遭った、人間の剝《む》き出しの残虐性が、それまで素直に人間を信じて育ってきた隼人の心を殺し、怒りと憎しみの感情で染めてしまった。

あの時の光景に、さいなまれつづけている。どうして自分だけが、理不尽な死に巻き込まれた両親を捨てて明るいほうへ歩みだせるだろうか。こうやって生きていることが後ろめたかった。

あの男たちの顔と一挙手一投足を、細部まで思い出し、繰り返し脳裡に刻み込むために、毎年ここに立つ。

暗い瞳でその場所を見つめていた。

視線が上がり、二キロ先の嵩《かさ》上げ地に建てられた復興住宅に向く。

姉にはしあわせになってほしいのに。

この数年、記憶のなかの姉の顔は、どれもうつむき、表情に翳がある。義兄との間がうまくいっていないのだろう。姉を東京に呼びたかった。

視線が、瓦礫の地区の一角に向き、いぶかしげに眉をひそめる。

あんなものが、いつ、と胸中でつぶやく。

巨大な箱型の建造物。

震災復興流通事業センター。

ここは災害危険区域だ。どんな施設であるにせよ、つくってはいけないはずだ。それなのに、建物は照浜地区の南半分を占め、集落の跡に堂々と建っている。危険区域の指定が解除されたとしても、もう永遠に、帰る我が家はない。姉が実家の土地を手放したのか。義兄が主導したのだろうか。

虚無的な風が胸中に吹いている。

隼人は防波堤の上に腰を下ろした。

残されたのは、記憶だけだった。

15

九年前の午後。

大きな揺れの後で、津波が来るから避難しろという防災無線の放送が聞こえた。

東京の大学生だった隼人は、春休みで帰省していた。

夜勤明けで家にいた父と、母と、隼人と、三人で車に乗って、避難しようとした。

助手席の母が、学生証やノートパソコンは？　と訊《い》いた。二階の自室に置いたままだった。取ってこい、と運転席の父が車を停めた。要らないよ、と言うと、母が、まだ大丈夫だから、と叱るように言った。車は、家から百メートルほど離れた集落内の交差点に停まっていた。戻ろう、と父が言うのを、隼人は、走って取ってくる、方向転換するよりそのほうが早いから、ここで待ってて、と言って降りた。海の方角から数人の男たちが歩いてくる。父が窓を開け、あんたら、乗っていかんか、と声を掛けた。

隼人は家まで走って二階の自室に戻り、目についた物をサブザックに投げ入れ、階段を駆け下り、玄関から飛び出した。

交差点近くまで戻ると、遠目にも、四人の男が車を取り囲んでいた。

知らない男たちで、不穏な気配を発しているのがわかる。警官の父は運転席に乗ったまま職務質問めいたことをしているのだろうか。隼人は、駆けてきた足を緩めた。

男の一人がドアを開け父をひきずりだした。父は路上に倒れた。男はいつのまにかナイフを握っていた。父の胸を刺したのだ。ほとんど同時に、別の男が助手席から母をひきずりだした。母の悲鳴が虚《うつ》ろなうめきに変わり、路上に転がって動かなくなった。手慣れた手際だった。緊急避難のサイレンがけたたましく鳴り渡っている。父を刺した男が隼人に向いた。がっしりとした体格の大きな男だった。何が起きたかわからず、茫然と立ち尽くす隼人に向かって、男が走ってきた。

「どうして？」

隼人はぼんやりした声を漏らした。

「定員オーバーだ」

男は走りながら嘲笑《あざわら》った。隼人はサブザックを男に投げつけて家へ駆け戻り、玄関ドアを施錠した。ガン、と衝撃が来て、ドアの板が歪む。男が凄《すご》い勢いでドアを蹴り破ったのだ。恐怖で心が引き攣《つ》った。隼人は靴のまま階段を駆け上がり自室に逃げた。玄関ドアを更に蹴り割る音が響く。足音が玄関に侵入してきた。隼人は、何か武器になる物はないかと室内を見まわした。車が門前まで戻ってくる音がする。津波が来た、と誰かが叫んだ。隼人は窓を開けた。追ってきた男と、加勢にきた二人の男が、門前に出て、車に乗ろうとしていた。運転席の窓が開いて、もう一人の男が顔を出している。四人の男たちは二階の隼人を見上げた。

　隼人は、恐怖を抑えて、男たちの顔を順に見た。覚えておくために、強い意志をもって、一人一人の顔を見つめた。父を刺した男がニヤッと笑った。隼人はようやく怒りを覚えた。次に会ったら、絶対に逃げないからな。心で男に叫んだ。男たちが乗り込み、車は交差点とは反対方向に走り去った。

　交差点を見やると、流れ込んできた黒いうねりが、倒れたままの父と母を呑み込んだ。汚水のような海水だった。父と母が流される。隼人は慌てて階段を駆け下り、破られたドアを飛び越えた。

　黒い濁流は道を呑み、玄関に流れ込んでくる。隼人は台所に引き返して家の電話で一一九番に掛けたが、つながらない。二階に追い上げられた。濁流が激しく動いて階段を上ってくる。隼人は、隣りの小絵の部屋に入って、海が見える窓を開けた。

　真っ黒に膨らんだ海が見えた。隼人は海を見上げた。家々の屋根よりも高い海が、集落を呑み込みながら、眼前に迫っていた。

九年前のその映像が鮮やかによみがえる。

防波堤に座った隼人は、吐き気を覚えた。息が苦しく、頭《こうべ》を垂れた。靴先と靴先の間の、コンクリートのざらついた灰色が、霞んで見える。

しばらく経って、呼吸が楽になってきた。

潮の香りがわかるほどに気持ちが落ち着いてきた。

車の近づく音がする。隼人は顔を上げた。

県警のパトカーが二台、こちらへ向かってくる。サイレンは鳴らしていないが回転灯が点いている。その後ろに、普通車が二台。私服の捜査員が乗った警察の捜査用車両だろう。

四台の警察車両は隼人のバイクの脇に停まった。制服巡査や刑事たちが降り、張り詰めた面持《おもも》ちでコンクリートの階段を上がってくる。隼人の横を抜けて海岸へ下りていく。私服の一人が隼人に目を留めた。

「通報したのはあなた？」

「いえ」

隼人は立ち上がり、海辺を見下ろした。警官たちは、かつては海水浴場として賑わった砂浜を歩いていく。

四、五人の男女が、警官を待っている。波打ち際に、人が一人横たわっていた。どうやら、溺死体らしい。男女は、手振りを交えて警官たちに説明を始める。発見し、通報したのだろう。
　隼人の表情が緊張して硬くなった。

　死体に引き寄せられるように階段を駆け下りていった。

　私服の男たちが、砂浜の足跡に注意を払いながら、波打ち際の死体に近寄っていく。それを追う隼人を、制服巡査が遮った。

「いけません。防波堤まで戻ってください」

　隼人は身分証を示した。

「警視庁の宮守です。初動班のどなたかと話せますか」

「警視庁ですか」

　制服巡査は走って呼びに行き、さっき隼人に声を掛けた中年の捜査員を連れてきた。

「警視庁公安部の宮守です。死体の顔をあらためたいのですが」

「本庁のハムさんがこんなところで何をしてるんですか」

　ベテランらしい捜査員は鋭い目で見返してくる。相手が警視庁の公安部だからといって恐れ入るようすはなかった。

「東京で行動確認中の人物が、仙台へ来ていると情報がありまして」

「ずいぶん大雑把《おおざっぱ》な話ですね」

どうせ公安は秘密主義だろうと最初から反発する口調で、

「ま、どうぞ」

と導いた。

死体は波に運ばれ打ち上げられたようすだった。白いポロシャツに綿のパンツ、靴は脱げて靴下だけ。

玉乃井だった。目を閉じて、歪めた顔が、不機嫌そうに見えた。蒼白で、むくんでいる。

通報した男女のなかの若い女が、防波堤のほうを指さして言う。

「あっちに、カバンがあります。メモ書きみたいな紙が置いてあるの。ビッグなんとかで待ってるとか、走り書きで」

女に案内させて捜査員が遺留品を見に行く。隼人は防波堤と死体を交互に見た。海水浴場だった子供の頃、ここが毎日の遊び場だった。潮の流れはよく知っている。海岸線に沿って強い潮流がある。メモ書きを置いた場所からまっすぐ海へ歩いて入水したとして、同じ場所に死体が打ち上げられるのは、あり得ない。遠くへ流されて、離れた場所に打ち上げられるはずだ。自殺ではないと直感した。

ベテランの捜査員が隼人に訊いた。

「行確中の人物ですか？」

「そうです。『火天の誓い』の、玉乃井という信者です」

捜査員の目が厳しくなった。

「話を聞かせてください」

隼人は、気配を感じた。不安が湧いて落ち着かなくなる。刺さるような視線だ。誰かがこちらのようすを見ている。隼人は防波堤の上に視線を走らせた。

朝空が明るかった。人影は、どこにもなかった。

II

1

神楽坂の路地奥。古美術商「月照」の地下室。

南洲はシンク横のコーヒーメーカーで白磁のカップにコーヒーを淹《い》れる。テーブルと壁の間を抜け、パソコンの前に座ると、香りを味わい、ひとくち啜《すす》った。

「市毛はコーヒーにはこだわりがありましたね。豆は注文輸入、特製のミルで手挽《てび》きしてました」

もうひとくち啜り、

「いまどきの器械はなかなかよくできてます。やつは認めなかったですが」

カップを置き、キィボードを打ちはじめた。

テーブルに向いて座る菊池は、何事かを考えている。彫りの深い顔は暗く翳って、表情というものはない。南洲は指の動きを止めずに言った。

「安行《やすゆき》さんのデータを補完しておきました」

安行は樽下警視監の秘書官だった。警視庁側でFの捜査補助をしている。情報共有も担当し、南洲とデータのやりとりをしていた。安行が警視庁のビッグデータにない情報も入手するルートを持っているのに対して、南洲は、どこかに侵入して情報を盗《と》ってきては安行のデータを補完することで、Fの情報を掌《つかさど》る者のプライドを満足させているようだった。

「赤石が品川の道場を訪ねた時、ハギを名乗っていたので、安行さんは、全国のハギ姓を洗ったのですが、該当する者はありませんでした。そこで私は、アジア圏に拡大して検索を掛けてみました」

壁面の液晶ディスプレイに画像が映し出された。

空港の税関検査の風景だ。

「香港国際空港。四カ月前の、十一月。入国審査です。ハギ・ユキオ」

税関職員の質問に答えているのは赤石だった。

もう一枚の画像が並んで映し出される。同じ空港内のロビーを歩いて外へ向かう赤石。

「赤石はこの時点からハギを名乗り、偽造パスポートまで用意していました」

　二枚の画像に、赤石と共に、写り込んでいる人物がいる。赤石と二、三人あいだをあけているが、短髪、日焼けした精悍《せいかん》な顔に、鋭い目つきの男は、明らかに同一人物だった。

「パスパートの名前は、リー・ジングー。この姓、名では何もヒットしない。こいつも偽造パスポートですよ」

　カップに手をのばしてひと口啜る。

「二人とも、この後、香港や中国本土から出国した記録はありません。日本に密入国していますね。ハギこと赤石は品川の道場に現れましたし、リー・ジングーも」

　また別の画像が表示された。ベージュ色のビルの前を、男が歩いている。リー・ジングーを名乗る男だった。

「顔面認証で検索したらこの画像がヒットしました。一週間前。大阪の、中国総領事館の前です」

　菊池は道路を歩くリーを見つめる。

「この写真の出どころは？」

「内調です」

　内閣情報調査室の極秘資料。

「内調のデータに侵入したのか？」

「いえ、内調のデータの一部が警視庁公安部に定期的に提供されるんですが、その一枚です」

　南洲はカップを置き、

「この三枚の画像で明らかです。赤石は、中国にリクルートされているんですよ。リーは中国側のエージェントでしょう」

　菊池は画像を眺めていたが、

「わかりやすいな」

　とつぶやいた。

「どういうことですか？」

「特定の方向へ判断を導く情報が、タイミング良く揃ってくる」

「こちらの捜査をミスリードするためのフェイクでしょうか」

「三枚目の画像は、内調がどうやって入手したのか。出どころを確かめてくれ」

　南洲はしばらくキィボードを叩いて、

「公調（公安調査庁）から内調へ提供された画像ですね。公調の協力者が撮ったらしい」

　公安調査庁は法務省の庁舎に入っている。内調の担当官は画像の提供者に直接当たって確認したわけではないのだろう。公安調査庁を含め、各機関から内閣情報調査室に上げる情報に、誰かが何らかの意図をもって一枚潜り込ませておくことはできる。

内調経由の情報だからといって鵜呑《うの》みにはできない。

菊池は卓上で組み合わせていた指を解いて軽く握り拳をつくった。

「左納の履歴が届いているだろう？」

「はい」

壁面に、画像と文字データが表示された。

自衛官の制服姿の若者。レスラーのような大男。眼光は鋭く、不遜《ふそん》な面持ち。

文字データは、「龍神天命教団」の信者だった左納が照浜で推定死亡に至るまでの履歴だ。当時の公安部資料だった。

左納澄義。神戸市で生まれ育ち、高校卒業後、陸上自衛隊に入隊した。隊に在籍中、二十二歳で教団に入信。軍事活動部門で頭角を現すが、二十六歳の春、東日本大震災に遭い、仙台市照浜付近で、赤石らと共に津波で行方不明になった。その後の履歴は、当然だが、空白になっている。現在も、赤石の出現で注目されているが、実際に生存が確認されたわけではない。

履歴のなかに、行方不明になる前の年、「奥利根湖事件に関与の疑い有り」と記してある。南洲はカーソルを動かして示した。

「これは何でしょうか」

「奥利根湖畔の山中で、教団軍事活動部門の精鋭部隊が軍事演習を行なった。公安部のカルト宗教担当が四人、その観察に出て、帰ってこなかった」

「奥利根で消息を絶ったんですか？」

「四人の死体は山林に埋められていた。見つかったのは、足首にGPS発信装置を巻いていた捜査員がいたおかげだ」

「初めて聞きました」

「犯人は演習のリーダーだった左納と見られている。当時公安部長だった樽下さんにとって、左納は部下のかたきというわけだ」

「課長は、その当時、公安部にいたんですか？」

菊池は問いを無視した。Fに来る前の話はしないのが不文律になっている。南洲は言った。

「左納は現在、我々や赤石みたいに、存在せざるものになって、過去の忘れ物を探しているんでしょうか」

「スーツケースを、もう見つけたのかもしれない」

南洲は、左納の画像に、警戒するまなざしを向けた。

「大島さんたちが先行していればいいいんですが」

2

真昼の陽光には春の明るさがあるが、海からの風は肌寒かった。

路肩に車を停めて降り立ち、大島と貴地野は周囲を見まわした。

震災後に整備した道路は、雑草の茂る広い更地を横切っていて、津波の跡を覆い隠す雑草は黄色い小さな花をつけて風に揺れている。土砂を積んだトラックが時折り走り抜けていく。

大島は道の先を眺めやる。遠くに、集落が、色褪せてくすんだ風景画のように横たわっていた。まだ避難指示が解除されない地域なのだろうか。

「どこへ行っちまったんだろうな」

「は？」

「住んでいた人たち」

貴地野は大島の視線を追った。

「散り散りになったんでしょうね。私のアパートにもいますよ。震災で引っ越してきた家族が。父親と子供。越して来た時は、まだ小学生で。ママは流されちゃったって言うんですよ。返事できなかったです」

貴地野は海風の来る方角を指さした。

「あれじゃないですか？」

黄色い花が波打つ彼方《かなた》に、低い小さな丘がある。雑木林に覆われていて、遠目には、お椀を伏せた形の影と映る。大島は頭のなかの地図と風景を重ね合わせた。

「あそこだ」

貴地野の運転で丘をめざした。

ひび割れだらけのアスファルト道を進むと、小さな丘に行き当たった。九年前、ここだけが津波に呑まれずに残ったらしい。松や下生えの雑木が鬱蒼《うっそう》とした空間を作っている。

空き地に車を停めて、苔《こけ》むした石段を上がっていくと、木々の合間の斜面を、古い墓石が埋めていた。目指す墓地だった。大島は言った。

「町が流されて、死者だけが残ったってわけだ」

眼下の草地の果てに海が光っている。

丘の上に、朽ちた小屋があった。

扉のない出入口からのぞくと、がらんどうで、枯れ葉や埃《ほこり》の乗ったベンチが放置されていた。壁際に、バケツと柄杓《ひしゃく》、柄の短い箒《ほうき》が置いてある。小屋の外には水道管が立ち蛇口が付いている。

大島と貴地野は手分けして墓地を調べた。丘はさまざまな時代の墓標で覆われている。墓石や卒塔婆《そとば》だけでなく、北側の斜面には、石や木の十字架が並んでいた。

「おおい」

大島が呼ぶと貴地野は小屋の裏から駆けてきた。

「見ろよ」

コンクリートの小道に、湿った土が点々と落ちている。ごく最近のものだ。貴地野は土のあとをたどり、十字架の群れに分け入った。

「ここです」

石の十字架が傾き、土が掘り返され、石棺の蓋を開けた跡がある。二人で蓋をずらした。棺のなかには土くれと枯れ葉だけが残っている。大島が携帯型の放射線測定器で計測すると警報音が鳴った。

「九年間ここに隠していたんだ。偶然とはいえ、上手《うま》い隠し場所があったもんだ」

震災の津波で事故を起こした原子力発電所から二十キロ弱。海岸に近い丘の墓地だった。

九年前、東シナ海で瀬取りしたスーツケースを積み、第三アオイ丸は、仙台照浜漁港に入港した。その直後、地震が起こり、津波を避けて洋上へ出た。津波がおさまると、寄港地を求めて南下し、この近くの河口に一時着岸した。数名の乗組員がようすを見に、近くの丘に上がった。

　乗組員を尋問した記録にそう載っていた。警視庁公安部が震災後に密輸ルートを摘発した時の記録だった。大島と貴地野が記録内容を精査して、着岸地点のそばの墓地のある丘に目星をつけたのだった。

「やられたな」

　大島は辺りに散らばる新しい土くれを悔しそうに眺めた。

　スーツケースは僅差で見つけられ持ち去られたのだ。死んだ赤石の仲間が先行したに違いない。貴地野が足元に落ちている土を摘まみあげた。

「そんなに時間が経っていません」

「周辺道路の監視カメラを洗えば車が割り出せる。そいつを追跡できれば追いつけるな」

「持ち去った連中もすぐには使いませんよ。九年間もこんな場所に放置してあったんだ。起爆装置だって錆《さ》びついてますから」

　大島は険しい顔になる。

「それはどうだかな。頑丈な石の棺に密封されていたんだ」

　スマートフォンを出して神楽坂につないだ。

3

南洲は、警視庁の安行とのやりとりを済ませて、テーブルの菊池に向いた。

「大島さんたちがいる地域の道路に、公安の監視カメラがあります。それが、昨日の夜から今朝にかけて、電気系統の不具合で停まっていました」

菊池は顎をひいて考えていたが、

「ミスリードされたな」

とつぶやいた。

「つまり？」

「スーツケースは初めからあの墓地には隠されていなかったということだ。掘り返した跡をわざわざ仕掛けておいて」

「こちらの捜査をミスリードする、と？」

南洲はデータで、震災後の第三アオイ丸の動きを再確認した。

「津波の後、河口に停泊したのは、単に状況把握のためでしたか。船はそれから河口を出て、被災地を離れ、浜松に寄港しています」

「スーツケースは九年前に浜松で教団側に渡ったようだ」

南洲の顔色が曇る。

「トラップか。古色蒼然とした墓地にスーツケースを隠したなんて、戦前の探偵小説みたいな設定です」

「赤石は初めから、市毛という男がいるか、と言って玉乃井を訪ねてきた。その時点で既にスーツケースを手に入れていたとみていい」

「既に？」

「赤石たちは、フランス国家警察総局からの情報で、スーツケースが教団に渡っていたことを知って、その所在をつきとめ、手に入れた。しかし同時に、情報が別のルートにも流れたと知らされた。自分たちの計画を邪魔されないように、市毛を処理しようと動いたら、赤石が殺された。それでやつらも本気になって、我々を殲滅するために動きだした」

菊池は刺すような視線で液晶ディスプレイの左納の画像を見る。

「乗せられたな。墓地は小高い丘だ」

「望遠レンズで大島さんたちの写真を撮る程度じゃ済まないですね。やつらが中共の国家安全部なら、衛星からロックオンして追跡できます。大島さんにはどう返信しますか？」

「貴地野のスマホに連絡を入れろ。大島のスマホはさっきの通話で特定されたから使用せずに処分。二人は直帰せず、指定Bの行動に移れ、と」

深夜近く。

貴地野は新宿駅近くの歩道で足を停めた。

駅の西側。繁華街とは反対側のビル街で、車道に車は途切れないが、歩道に人影は少なかった。

指定Bの行動を指示された。都内に戻り、大島と分かれ、追跡回避の所定の行動を取って、二時間。ようやく今夜の緊急宿泊先に向かえるようになった。貴地野はタクシーに乗ったが、通りかかった新宿の路上で運転手に声を掛けて降り、街頭の防犯カメラを避けて歩道を歩いていった。疲れているが、寄っていくところがある。

足を停め、二十階建ての建物を見上げた。

都内でも有数の総合病院だった。上層階を見上げた。入院棟になっているエリアだ。

貴地野の瞳の色が揺れる。窓々の灯りは消えて入院患者は眠っている時間だった。

貴地野は溜め息を吐いた。影のある瞳で、暗いその一角を、いつまでも眺めていた。

4

新型コロナウイルスの国内感染者数は昨日で八百十四例となりました。朝のニュース番組がそう告げている。

左納澄義はサッシ戸を開けて東に向いたベランダに出た。

晴れた朝空と早春の冷たい微風が心地よかった。薬を飲んでも残る鈍い頭痛がひいていくようだった。

西新宿の賃貸マンション六階からは、民家、マンション、ホテル、その向こうに浄水場跡公園の樹々《きぎ》の緑が望める。

更にその向こうに、東京都庁舎の高層ツインビルが天空へとそびえたっている。高さ二百四十三メートルの都庁舎は、白亜の巨大なトーテムポールが二本並んでいるみたいで、上部の壁に付いた丸いパラボラアンテナが、とぼけた目のように見える。

庁舎が根元から折れて倒れてきたら、あの目玉はちょうどこの辺りに落ちてくるだろうか。

目測で自分のいるベランダから庁舎までの距離を測ろうとしたが、庁舎が大き過ぎて正確にはわからない。

左納は、インディゴ色のキャップを目深《まぶか》に被り、濃いサングラスを掛けている。もみあげからつづく顎髭、口髭で、顔の表情はわからない。レスラーかラグビー選手のような筋骨隆々とした巨軀に、灰色のポロシャツ、黒いジーンズを穿いていた。

白亜のトーテムポールには、小さな窓がびっしりと並んでいる。蜂の巣のようにも見える。都庁の職員、都議会議員といった人間が、あのなかには何人いるのだろうか。ふと考えてみたが、実のところそんなことはどうでもよかった。腐り果てた巣に何百匹働き蜂がうごめいていようが。

都庁に背を向けて六畳のリビングに戻った。

木目調ダイニングテーブルで、五位堂《ごいどう》が起爆装置の調整をしている。眼鏡ケースほどの小さな物だ。九年前の装置は爆弾内蔵のタイマー式だったが、古くて整備もされずにいた。信頼性の高い最新の遠隔操作機器に替えることにした。五位堂が携帯電話を組み込んで起爆操作を簡単にした。作業は、ドライバーや半田ごてなどの工具を使ったアナログな職人技だった。

五位堂の腕は落ちていない。教団壊滅後、海外に出て各国のテロリストたちとネットワークを構築するなかで、五位堂とも知り合った。中東でロシア軍の秘密施設を連続爆破した活動ではバディを組んで戦った仲だ。それから五年経っているが、武器を扱うプロフェッショナルな技術は精度を増している。この計画に五位堂をオファーするようリクエストしたのは正解だった。

壁にもたれてリー・ジングーがそれを眺めている。髪を短く刈り上げた、いかにも特殊部隊の精鋭といった男だ。左納はリーの本名も詳しい履歴も知らない。初めて組むメンバーだった。計画ごとにメンバーを集めるこの世界ではよくあることだが、高いスキルを持つベテランなのは間違いない。この数日、赤石を殺した敵性グループに対処するために忙しく飛びまわっている。

だが、左納は、リーの資質に一抹の不安を覚えていた。福島へトラップを仕掛けに行ったリーは、玉乃井が現れたと連絡を受けて仙台へまわった。玉乃井は、赤石が訪ねてきたことで、九年前の照浜密輸の件をあらためて確かめようとしたのだ。リーは、玉乃井を捕らえ処理した。迅速な処理は良かったが、処理に使った場所が問題だった。かつての教団仙台支部跡、震災復興流通事業センター、照浜海岸。敵性グループが、場所に関連する要素から、こちらにたどりつくのは、難しくはない。

敵性グループ。警視庁ファントム課。公式にも、非公式にも、存在せず、名称すら、実際にはない。ただ単に、F、と呼ばれる。警視庁の機動隊や公安機動捜査隊、国際テロリズム緊急展開班などでさえ扱わない事案に対応するのだという。この国を守護する影のチームがあると知って、左納は、日本という国は実に陰影の深い国だと妙に感心した。議会制民主主義やコンプライアンスのスローガンは、闇の奥を隠すために表面的に貼り付けた薄っぺらなポスターみたいなものだ。

　こちらの計画に紛れ込んできた蝿《はえ》は叩き潰《つぶ》すだけだが。

「これは使えるかもしれん」

　鳥井《とりい》が言った。室内にいる四人のなかでただ一人マスクを着けている。四十歳前後、体を鍛えるのが好きなやり手の営業職という雰囲気がある。寝室側の壁にダイニングチェアーを寄せて座り、膝の上で八インチ・タブレットの画像を見ていた。左納が近づくと、それを手渡した。左納はサングラスを額の上に上げた。

　防犯カメラの画像。夜の歩道に立って、一人の男がカメラのほうを見上げている。三十代半ば。真面目で落ち着いた雰囲気の会社員風だが、見上げる姿のどこかに翳りがある。瞳の色に、だろうか。

　左納はディスプレイを指先で触れて別の画像を出した。陽射しを浴びて、傾いた十字架のそばにたたずむ二人の男。そのうちの一人の顔がこちらに向いている。夜の歩道に立つのと同じ男だった。鳥井が、顔認定の検索で一致する人物を捜し当てたのだ。

　左納は夜の画像に戻して、男の周囲の街の風景を眺めた。

「昨夜の写真か？」

「福島から戻ってこちらの追跡をまいた後だ。街頭カメラは避けたようだが。検索の範囲を広げると引っ掛かった。新宿医大病院の防犯カメラだ。この近所に居たんだな」

　左納の目がちらとベランダを向く。いま見ていた景観にその病院もあったはずだ。

鳥井の頬に皮肉な笑いが浮かぶ。

「追跡から逃れるのには苦労しただろうに、こんな所で油断している」

「身内が入院してでもいるのか」

　鳥井は口の端を歪めた。嘲笑ったのだ。

「顔を遡及検索してみた。警視庁刑事部捜査第一課の巡査部長だった男だ。三年前に依願退職している。捜査で被疑者に不利な証拠を捏造《ねつぞう》したようだ」

「能力を買われてFにリクルートされたか」

「こいつには婚約者がいた。その女が植物状態になってしまって。証拠捏造に関する調書に載っている。事件の被害者の一人が婚約者で、証拠を偽造してでも仇《かたき》を討とうとした。お涙頂戴の悲恋物語だ」

「その女が入院しているのか？」

　左納は男の顔を拡大した。瞳に揺れるのは悲しげな色だ。不安に震える弱い光。左納がよく知っている色だった。この色は、ある時点で、深い絶望の闇に落ち、強い怒りの炎になって燃え上がる。確かに、使えそうな人物だ。やつらと遭遇した時に。

「詳しく調べてくれ」

うなずいてタブレットを返した。

5

左納はダイニングチェアーに腰掛けてキャップとサングラスを膝に置き、目を閉じる。

消え去らない鈍い頭痛は、記憶に刻まれた光景に似ている。

倒壊した家屋と瓦礫《がれき》の広がり。

十歳の時、阪神・淡路大震災に遭った。小学校五年生の一月だった。

震災の二日前、左納は父と神戸の街を散歩した。その時の父の声が、最近になって、ふとした折りに、耳底によみがえってくる。

この街は昔、焼け野原になった。それでも五十年掛けてここまで発展したんだ。

父の誇らしげな口振りだった。

その時、中突堤のポートタワー展望階から、冬の神戸港を眺めていた。薄鈍色《うすにびいろ》の寒々とした雲が覆っていたが、港内にはひっきりなしに船舶が出入りし、停泊し、コンテナの揚げ降ろしをしていた。

ああやって荷物を運んで、世界が動いてる。この街はそれで発展したんだ。

父は都市づくりの仕事に携わっており、街の歴史には詳しかった。円形展望階の通路を歩くと、神戸の街は、港から山裾までの狭い斜面にビルや家屋がびっしりと建て込んで、豊かな景観を広げていた。

開港して百二十年以上経《た》って習ったよ。父の顔を見上げてそう訊《き》いた。

五十年前に一度、焼け野原になったんだ。空襲で。瓦礫の町になってね。でも、破壊されても、また建設する。人間は未来をつくる生き物だ。

父の視線を追って街を眺めると、建物がごちゃごちゃと密集したところもあって、そこの景観は美しくなかった。きちんと考えないで、つくり損ねたところだろうと思った。

未来をつくるのには、破壊しないといけないの?

父は首を横に振った。再開発は破壊とは違うよ。

どう違うの、と訊きたい気持ちを呑み込んだ。議論をするより、久しぶりに休みの取れた父と散歩を楽しむほうがいい。ケーキを買って帰り、母と妹が作ったカレーを食べて、家族でゲームをするのだ。六年生になったら中学受験の準備を始めると言われているので、こんなふうに父とのんびり街を歩く日は減るだろう。再開発するにせよ、もしまた焼け野原になってやり直すにせよ、その時は、父が未来をつくる。

誇らしい思いで父の横顔を見た。

その二日後の早朝、神戸の街は揺れた。

　母と妹が家屋の倒壊で圧死し、街に広がった火災で焼き尽くされた。梁《はり》と瓦礫の隙《すき》間《ま》から這《は》い出して生き残った左納は、出張で神戸を離れていた父と二人になってしまった。

　中学に入る前に父が死に、それから高校を卒業して自衛隊に入隊するまでの間、繰り返される不信と失望は、怒りに転じた。

　入隊してから教団に入信するまでの四年間で、左納は、この国の政治制度を否定し、国家を改造しなければ自分にもこの世界にも未来はないと確信した。

　この国は、自然の災害に見舞われる以上に、有害な政治家や利権屋という人災のせいで崩壊していく災害国家なのだ。左納は教団の信仰には熱心ではなかった。教団の資金と兵力を使って国を変えようと考えていた。教祖にしても、特殊部隊の自衛官が持つノウハウをおのれの野望に利用したくて厚遇していたに過ぎなかった。左納は東日本大震災をきっかけに死者となり公安の監視から逃れた。教団壊滅後、海外に出て、体制と戦うテロリストたちと行動した。どうやれば国家改造ができるか、具体的な方法や、実行するためのネットワークが見えてきた。

　破壊して、いったん白紙に戻す。リセットして建設するしかない。破壊は浄化だった。破壊を担う自分も救われることはないだろう。ふたつの震災で生き残り、いまも生きつづけていること自体が後ろめたかった。浄化の後の建設を若い人々に託せられればそれでよかった。

「実装完了だ」

五位堂が起爆装置から顔を上げた。左納と目が合うと、卓上のスマートフォンを取って画面に人差し指で触れる。

「この数年で、携帯電話の機能が格段にアップした。おかげで充分に離れた場所で好きな時に簡単に起爆できる。テロもお手軽な時代になったもんだ」

左納は小さな箱を見た。

「スーツケースの中に取り付けるのか？」

「元の起爆装置があった所に内蔵する。だが、問題がある。ケースの中にはスマホの電波が届かない」

「どうするんだ？」

「スーツケースの表面に、電波送受信の増幅シートを貼る。シートと装置を接続するケーブルを通すための穴を開けなきゃならん」

「放射能が漏れないか？」

「隙間を鉛で塞《ふさ》ぐ。微量の漏れは、あるかもな」

壁にもたれてやりとりを聞いていたリーが訊いた。

「スーツケースを置いてから安全な場所へ離れるまで、どれだけの時間が許される？」

左納は言った。

「火球の直径は約四キロだ。風上側へ二十キロ離れてから起爆する。車は渋滞予測が読み切れないので電車で移動だ。およそ一時間といったところか」

「もっと速く動くべきだ」

リーは壁際を離れてガラス戸越しに都庁舎を見上げた。

「あいつらに追いつかれる」

独り言のようにつぶやく。

左納はリーに厳しい一瞥《いちべつ》を投げた。おまえが追いつかれる原因を作っている。胸中でそうつぶやいた。左納は、単独で行動するほうが性に合っていた。自分の根は一匹狼《おおかみ》だとわかっている。リーから鳥井に視線を移した。この計画で、自分の想《おも》いを理解し共鳴するメンバーはいない。生き残り生きつづけている後ろめたさを、共有する者もいない。瓦礫の転がる焼け野原へ、最期《さいご》は独りで歩いていく。そんな気持ちを抱いている。

「やつらは追いつけない。予定通り今夜決行する」

左納は言った。

「午後に最終打ち合わせだ。その後、各方面に最終連絡。空母の展開準備も確認しておこう」

6

午後は曇ったが、夕方になると晴れた。

天気予報の通り、東南東の微風が吹いた。

鳥井とリーは室内を片付け、自分たちのアウトドア・リュックを持ってマンションを出た。江戸川の東、船橋に先行するためだった。

都心で核爆発が起きると、江戸川に防衛省のボーダーラインが設定される。避難民が押し寄せる船橋は混乱し、絶好の隠れ場所となる。しかも厳戒の都内と違い、自由に行動できて、状況把握の最前線になりえる。鳥井とリーは爆発後のベースとなるアパートに先行し、左納と五位堂を待つ予定だった。

左納はベランダで黄昏《たそが》れていく街を眺めた。

公園の樹々の繁《しげ》みは黒々とした影のうねりとなり、そびえ立つ都庁舎は窓々に灯りが点《つ》いて光る絶壁と映る。

西の空に茜色《あかねいろ》の残照が映えて、空は濃紺から星の光る宵空へと変わっていく。

腕時計を見て室内に戻った。左納と五位堂は、ポロシャツとジーンズの上に、電力会社の作業員に見えるつなぎを着た。薄手の手袋をはめ、作業帽を被《かぶ》った。ずっしりと重いスーツケースと工具箱を大型のリュックサックに入れると、五位堂が背負った。左納は折り畳み式の梯子《はしご》を肩に掛ける。自分のリュックサックを持ち、マスクを着けて部屋を出た。

歩いて街路を抜け、十二社《じゅうにそう》通りを渡り、樹々の茂る公園に入った。都庁の西側にある公園で、高い樹々の上から都庁舎の灯りが降ってくる。薄暗がりの園内遊歩道は、新型コロナの影響でか、人の姿はなかった。

二人はコンクリートの段を踏んで、小高い築山に上がった。

樹々に囲まれて、洋風の白い四阿《あずまや》があった。都庁が浄水場だった頃からある文化財で、六角堂と呼ばれている。昔は浄水場を見下ろす展望台だったのだろうが、いまは都庁舎の光溢《あふ》れる絶壁のふもとにうずくまっている。

四阿にも人影はない。左納は梯子を伸ばして上端を四阿の屋根に掛けた。五位堂が先に上がる。平らな屋根の上で、二人のリュックサックを隅に置き、五位堂の背負ってきた大型リュックサックを左納が手伝って中央に置いた。

五位堂がスーツケースを出して蓋を開けた。バッテリーの電源を入れ、起爆装置の最終調整をする。電波送受信シートのラインを接続し、蓋を閉じた。シートを貼った面を天に向け、両面テープでケースを屋根の中央に固定する。その上に白いシートを被せ、四隅を工事用の白テープで留めた。シートには、「電磁波測定中。触れないでください。都立電波研究所」と印字したシールを貼ってある。

シートのそばに、ダミーの小型パラボラアンテナを置いた。

「準備完了。腰が痛えや」

五位堂がささやいた。

開脚前屈の姿勢で作業したからだった。左納は這いつくばるようにして大型のリュックサックや工具箱を集めた。五位堂はゆっくりと立ち上がり、拳で腰を叩きながら背伸びし、左納を見下ろした。

「そんなにきちんと片付けなくても、どうせ一時間後には消えてなくなる。さっさと行こう」

「俺はここに残る」

「はあ？」

五位堂は立ったまま左納の顔を見た。左納は言った。

「もし起爆しなかったら、俺が手動でスイッチを入れる」

左納の顔は薄暗くてよく見えなかった。五位堂はしばらく黙っていたが、

「左納、おまえ、俺の腕を信用してないのか」

と低い声を吐き出した。

「そういうことじゃない」

「どういうことだ？　玉砕か？　殉教者のつもりか。馬鹿野郎。俺はそんなつもりでこの仕事を引き受けたんじゃないぜ。ほら、早く行くぞ」

「いや、俺はな」

「ここで議論してる場合じゃ」

五位堂の言葉が途切れた。五位堂は頭を殴りつけられたように、がくんと姿勢を崩し、屋根の上に倒れた。足が当たってパラボラアンテナが転がった。

左納は反射的に身を伏せて腕で頭を庇《かば》った。

都庁舎からの灯りを浴びて、五位堂は不自然な姿勢で横たわっている。顎《あご》に穴が開き、血が流れ広がっていく。目は虚《うつ》ろに開いたままだった。辺りに散っている灰色のものは、後頭部から飛び出た脳の一部だ。左納は生臭い血の臭《にお》いを嗅ぎ、手を伸ばして自分のリュックサックを引き寄せると、背中から首、後頭部を守るように上に乗せた。

五位堂はどこから狙撃されたのか。

撃たれた時の姿勢、銃弾が貫通した方向、倒れ方、死体の損傷具合。脳裡《のうり》で再現して、四阿の屋根よりも低い位置、北西方向から、狙撃したのだと推測した。サプレッサーを付けた狙撃銃で。

狙撃手は待ち伏せていたのではない。マンションから尾《つ》けてきたのだ。物陰から撃ってきた。かなりの腕前だった。

左納は、五位堂のリュックサックを引き寄せ、中を探って、拳銃を取り出した。S＆WのM629。リボルバー式で銃身が長い。弾《たま》は入っている。左納は銃を右手に持って、頭にリュックサックを乗せたまま匍匐《ほふく》前進で平らな屋根の北西方向の縁に寄った。梯子を掛けた所だった。首を伸ばしてそっと公園内を観察する。

薄暗い木立ちで青い光が映えた。銃火だ。頭に乗せていたリュックサックが衝撃で震えた。左納は顔を屋根に押しつけた。狙撃手はリュックサックを頭部と見間違えて撃ち抜いたのだ。射撃の精度の高さに思わず苦笑いした。

人影が、残像としてまぶたに焼きついている。ロングコートを着た、すらりと背の高い男のシルエット。

F。

どうやって追いついたのか。福島からのこちらの追跡を振り切っただけではなかったのだ。逆探知し、逆追跡していた。左納は四阿の周囲の気配を探った。何人でここを囲んでいるのだろう。左納は、中東の砂漠や様々な国の市街地で戦闘や襲撃に遭遇した経験から、状況把握には長《た》けている。これでは逃げ切れないとわかる。

「潰《つぶ》しておくべきだった」

溜《た》め息まじりにつぶやいた。スーツケースを覆うシートを見た。これを持って包囲網を突破するのは不可能だ。

Ｍ６２９を頭のそばに置き、自分のリュックサックのポケットから、スマートフォンを取った。起爆装置に組み込んだ携帯電話に暗証番号を送信すれば作動する設定になっている。

破壊の後の建設を若い者たちに託して。

左納は番号を打ちはじめた。

指が途中で止まる。腕時計が目に入ったのだった。

この時刻。船橋へ先行した鳥井とリーはまだ爆心エリアの内側にいる。いま起動させれば、チームは全滅する。あの二人まで死なせるわけにいかない。誰かが生き残っていなければ、計画の同行者たちに連絡がつけられない。未来の建設の主導権をどこが奪うかわからなくなる。左納は打ちかけた番号を消去した。

身ひとつで撤収する以外に道はなかった。逃げのびて時期をあらためるしかない。自分と五位堂のリュックサック、Ｍ６２９を持って、五位堂の死体の脇へ這っていった。死体を探って、五位堂のスマートフォンを取ると、警察に架電した。

「新宿中央公園の六角堂で人が死んでいます。銃で撃たれているみたいです」

通話を切り、Ｍ６２９と一緒に自分のリュックサックにしまう。五位堂の体とリュックサックをあらため、身元の特定につながる物を探したが、他には何もなかった。

四阿の周囲は静かだった。狙撃者はこちらへ移動しているのか。

遠くでパトカーのサイレン音がする。公園西側の道路に近づいてくる。樹々の向こうに赤い回転灯の明滅が幾つも映えている。

左納は狙撃手が上がってこないように梯子の上端を蹴って倒した。這って五位堂の死体の足をひっぱり、屋根の縁まで運ぶと、蹴り落とした。死体が地面に落ちる鈍い重い音がする。

遊歩道を人の声がやってくる。左納は寝たまま作業服を脱ぎ捨てた。仰向《あおむ》けになり、都庁舎の光の断崖を見上げた。

この辺りはすぐに警官であふれる。通報者として、警官たちを盾に、狙撃者の銃弾から身を守ることができるだろうか。狙撃を免れたら、この場から逃走してもいいし、パトカーで連行される途中で逃げてもいい。スーツケースは、Fが起爆装置を即刻解除するに違いない。回収されても、内蔵したGPS機能で保管場所は知れる。後から取り戻せばいい。

左納は、青い銃火を放った人影を思い浮かべた。

やつの追尾を振り切るのは難しいと思った。

「次は、先にやつらを潰しておくべきだな」

ふと気づいて、五位堂のスマートフォンを出した。

7

西新宿のマンションを出たリー・ジングーと鳥井は、マスクを着けて、代々木で地下鉄から総武線に乗り換えた。

西船橋行きの車両は混《こ》んでいた。リーはスマートフォンの外国語サイトでニュースを確かめた。日本国内の新型コロナ感染者数は本日正午で八百六十八名、死亡者は二十九名。政府は不要不急の外出を自粛するように呼びかけている。この車内の混雑は、終業後まっすぐ帰宅する勤め人が多いということだろう。およそ四十五分で船橋に至る。リュックサックを片手に提げ、無言で人ごみに揺られた。

リーは、この国はおかしな国だと感じる。車内に熱気の有る沈黙が詰まっている。体と体を押しつけあうようにして詰め込まれているのに、誰も口をきかず一心にスマートフォンを触っている。コロナ禍でマスクを着ける以前からそうだった。現実の世界は虚ろだと考え、バーチャルの世界でこそ人とつながっていたいのだ。養鶏場の鶏を思わせるこの連中は、核爆発と放射能汚染で廃墟と化した東京を見てどんな反応を示すだろうか。とつぜん世界が破壊されて、何が起きたか理解できるだろうか。現実と非現実の境目が溶けてカオスになり、これもバーチャルだと受けとめるのかもしれない。こんな連中に関心はないが、今夜を境として世界がどのように激変するかには興味があった。新しいグラウンド・ゼロを中心として立ち現れる世界を見たかった。

ふと気配を感じた。

胸に冷たい塊《かたまり》が生まれる。無意識に何かを察知した。警戒心だ。視線を感じる。リーは、車窓に映る人々に目を走らせ、横に立つ鳥井をちらと見た。

鳥井は、何だ？　という目で見返し、それとなく車内のようすを見る。リーは左右の気配を探ったが、視線は消えていた。

鳥井の胸ポケットのスマートフォンが震えた。鳥井は、着信を確かめ、五位堂の携帯電話から届いたメッセージを見る。リーはそれを見せられた。ただ一文字、「F」。

F。

追いつかれたのだ。五位堂と左納はFに襲われた。リーはリュックサックの肩紐《かたひも》を握りしめる。

スーツケースは無事だろうか。この世界は何も変わることなくこのままなのか。

さっき感じた気配。向けられていた視線。自分たちも監視されているのではないか。

リーは周囲のようすを探る。走行音と車両の揺れのなかで、家路につく人々。スマートフォンに繫《つな》がれて静かに揺られている。リーは、福島のトラップで確認した男たちの顔がないかと視線を動かした。

　左納たちから所定の連絡がないまま、船橋駅に着いた。

　リーと鳥井は、ベースに使うアパートへ行くのは避けて、駅の南口から連絡通路を渡り、ショッピングモールに入った。リーが先に立ち、鳥井は十メートルほど離れてついてくる。

　京成電鉄への連絡通路から折れ、ＡＴＭ装置が並ぶ狭い通路を抜けると、突き当たりにエレベーターがあった。ケージに乗って四階の家電量販店のボタンを押した。追いついて乗った鳥井は、ドアが閉まってから言った。

「尾けられてはいない」

　ケージ内には二人だけだった。リーは言った。

「確かめよう。俺はエスカレーターで下りる。あんたはエレベーターで下りろ。一階で落ち合おう」

　四階で降りた。フロア全部を使った家電量販店だった。リーは、鳥井が数人の客についてケージに戻るのを見送り、買い物客にまぎれた。

　店内をゆっくりと歩いた。通路は狭く、パソコンのアクセサリー類を頭より高いところまで吊り下げた棚が周囲の視界をふさいでいる。エスカレーターを見つけ、三階へ下りていった。

三階には飲食店や美容室が並んでいる。リーは何気ないふうに周囲を見まわし、折り返しのエスカレーターに乗り継いで二階へ下りた。パン屋やドラッグストアの並ぶ二階は、駅と駅とをつなぐ連絡通路になっていて、人が行き来している。尾行者の気配はない。地上に下りたらどうやってアパートへ向かおうかと考えた。

一階へ下りるエスカレーターに乗ろうとした。会社員風の中年男がスマートフォンを見ながらリーの背後に近づいてきてぶつかりそうになった。迷惑そうに顔をしかめたリーは、はっとなって、とっさに提げていたリュックサックで体を守った。男も、はっと顔を上げた。

「失礼」

会釈してマスクをした顔を背け、エレベーターのほうへ通路を歩いていく。片手でスマートフォンを持ち、垂らしたもう片手に、十センチほどの長さの肌色の棒のようなものを隠すように握っていた。

リーはエスカレーターで下りながら、リュックサックの表面をあらためた。針で刺された穴も、毒薬の臭いもない。しかし、あの細い棒のようなものは、ＣＩＡやイスラエルの秘密部隊が使用する暗殺用の注射器だ。先端を押し付ければ針が出て対象者を刺すことができる。針は細く、薬物は無色無臭なので、跡は残らない。

リーは二階を振り仰いだ。さっきの男。髪を短く刈り上げ、顎の張った四角ばった顔。濃い眉毛、すばやい目の動き。肩幅の広い、がっしりとした体格。福島の墓地で十字架の横に立っていた男だ。

F。

リーは一階に下りた。

ドラッグストアとコーヒーショップがある。一番近い出入口から建物の外へ飛び出した。

8

リーは歩道の左右を見た。東側の歩道だった。建物は駅前道路に取り囲まれていて、さっきJR駅から渡った連絡通路の橋は二階にある。

コーヒーショップの灯りが投げかけられる歩道に人影は少ない。リーは、右手の京成電鉄の高架駅と左手のJRの高架駅とを見比べ、JRのほうへ歩道を進んだ。

連絡通路の橋の下に、建物の北側出入口がある。鳥井がエレベーターで一階へ下りたらここから出てきたはずだが。

リーは視線を走らせながら歩道を更に進む。さっきの会社員風の男が襲ってくるかもしれない。建物西側の歩道を覗《のぞ》いたがそれらしい人影はない。

烏井はどこへ行ったのか？　ベースとするアパートへは、尾けられている限り行けない。リーはマスクを取り、リュックサックを背負うと、歩道を南へ走り出した。

車の走る道路を突っ切った。人を突き飛ばして歩道を駆け、京成電鉄の高架をくぐる。車道に飛び出し、走行する車をぬって横切った。クラクションと急ブレーキの音が響く。振り返りもせず、路地を駆け抜け、また道路を横切る。住宅地になり、一戸建ての塀やマンションのビルが入り交じる一角を走った。

古い雑居ビルがある。リーは郵便受けの並ぶ暗がりに飛び込み、狭い階段を二段飛ばしで上がった。踊り場を折れて足を止め、首だけ出して路上を見張った。

街路には誰も現れない。だがこの程度で逃げ切れたとは思えない。こちらの視界に入ってこないのは、逆に完全にこちらの動きを捕捉しているからだ。

リーはスマートフォンの地図で現在地を表示した。Fを振り切るのに使える所はないか。ふと思い出した。地図の検索を掛ける。

「徐福《じょふく》商行」

個人経営の食品雑貨の輸入商。地図上では、現在地から三百メートルほど離れている。アパートやテナントビルが集まる地域の、商業ビルの二階だ。

「一石二鳥」

リーは日本語のことわざをつぶやき、用心深く階段を下りた。路上に人がいないのを確かめると、マスクを着けて暗い町を歩きだす。細い道、人けのない道を選んだ。福島から逆にこちらを追跡して、新宿からも完璧な尾行をしてきた連中だ。追ってきているに違いない。リーは、尾行をまいて安心したというふうに歩調を落とし、時々振り返ってはそれを確かめる無防備なふるまいを見せた。

小さなテナントビルの二階に「徐福商行」の看板が出ている。サッシ窓にカーテンがひかれて、電灯が点いている。

一階には工具店の名前が書かれたシャッターが下りている。三階の化粧品の販売代理店と、看板のない四階の窓は、暗かった。

リノリウムの階段を上がり、「徐福商行」のプレートの付いたドアをノックして入ると、後ろ手にドアを閉めた。

中国語を印字した段ボール箱が所狭しと積み上げられている。カウンターの向こうの事務机で、開襟シャツを腕まくりした六十歳前後の男がノートパソコンを見ていた。白髪頭の上に眼鏡を上げている。リーに視線を向け、眼鏡を掛けた。

「何か？」

マスクの下でそう訊く。リーはカウンターにリュックサックを置き、ジッパーを開けながら広東語《カントン》で言った。

「伝言を持ってきた」

男は警戒するように顎を引いてリーを見据える。

「誰から？　あんたは誰？」

リーはノーリンコCSZ92ピストルを取り出して男の額を撃ち抜いた。

男はのけぞって床に転げ落ちた。大きな音が立ったが、奥からは誰も出てこない。

リーは銃を手に、素早く奥へ入り、歩いてきた通りと反対側の窓に立った。カーテンの隙間から覗くと、隣家の塀と、二階建ての家屋が見えた。窓に灯りがあり、家人がいるようすだが、ここから、隣家のベランダ伝いに、裏の通りへ逃れることができそうだ。

リーは銃を背中とベルトの間に差し込み、積み上げられた段ボール箱を床に落としはじめた。机の上の伝票や書類をまき散らし、何枚かを束にして、給湯室の小さなガスコンロで火をつけた。燃える紙を落とすと、奥の窓へ移動した。

炎は箱に燃え移り、広がっていく。

カウンターのリュックサックを背負い、CSZ92を構えて銃口を出入口のドアに向けた。人が入ってくる気配はない。銃を背中のリュックサックにしまい、奥の窓を開けた。

9

鳥井は、リーを見つけられないまま、二階の連絡通路からJRの駅舎に戻った。リーに何かあったのなら、ベースとなるアパートへは向かえない。追跡者を振り切ろうと、帰宅者の流れに逆らって通路を駅の北側へ進む。後方に、こちらを見つめる背広にノーネクタイの男の姿がある。確かめようとすると、人ごみにまぎれて、まぶたのなかの残像みたいに消えている。

駅北側のロータリーをまたぐ連絡橋を通り、ビル街の路上に下りた。ホテルの角を曲がる時に振り返ると、人が行き来する歩道に、男が立っていた。マスクの上の目に感情はなく、夜の街に浮かぶ亡霊のようだった。

鳥井は足を速めた。行く手に広がる公園の木の影を見渡す。振り返ると、ホテルの角に、男が立っている。隠れもせずについてくる。姿を見られることを気にしないのは、どういうつもりか。鳥井は、自分のリュックサックに手を入れて拳銃のグリップを握った。横断歩道を渡り、誘うつもりで公園に入った。

園内に木立ちはなく、円形の噴水を中心に広々とした空間が開けている。散歩の人影もある。ここでは戦えない。鳥井は周囲に目を走らせ、公園に面したマンションに駆け寄ると、非常階段のドアを確かめた。シリンダー錠だった。リュックサックのポケットからピッキングツールを出して、素早く解錠し、非常階段を三階まで上がった。リュックサックのなかで銃を握ると、通路に出て、手摺《てす》りの柵越しに地上を見下ろした。

男の姿はない。追跡を止《や》めたはずがない。いまさらながら背筋が寒くなる。F。何者なのか。

肩のすぐ後ろに、男の顔があった。近づく物音も気配もなかった。鳥井の腕が手刀に打たれて痺《しび》れ、拳銃の入ったリュックサックが手摺りの外へ投げ落とされた。足をすくわれて、鳥井の体も浮き上がるように柵を越えた。路上が見えた。赤石はこうやって六階から落とされたのだと思い、のばした左手が何かをつかんだ。男の背広の襟元だった。鳥井はそれを握りしめて三階からぶら下がった。

こちらを見下ろす男の顔が見えた。引きずり込まれるのを踏みとどまっているのに、落ち着いた、冷ややかな目。新宿の歩道で総合病院を見上げていた男だ。男は細い棒状の物を、背広を握りしめる鳥井の拳に近づけた。鳥井はマスクの下から、かすれた声で言った。

「桜井《さくらい》優香《ゆうか》は俺たちの施設でなら意識が戻る」

男の目に光が揺れた。鳥井は言った。

「おまえも、表の社会に戻ることができる」

男の動きが一瞬鈍る。鳥井は自ら握っていた手を放して、地上へ落下した。路上で女の悲鳴が響く。目撃者がいるなら撃ってこないだろう。着地の衝撃に備えながら鳥井は片頬《かたほお》で笑った。

10

水曜日、正午過ぎ。

第十一係の室内は、昼食に出払ってがらんとしている。係長の無人の机に明るい陽が落ちていた。隼人の斜め向かいの机で先輩が電話の応対をしている。

隼人は自分のノートパソコンで検索を続けていた。

仙台の、境岩次郎《いわじろう》。

地元では有力な不動産業者、建築業者だ。「震災復興流通事業センター」運営センターの役員。照浜復興対策委員会の相談役。その他の団体、関連企業にも席を持っている。土地のボスであり、市政、県政のフィクサー。中央の政財界と地元を繋ぐ顔役だった。衆議院議員で東日本大震災復興担当大臣の久保城励造《れいぞう》の後援者、懐刀《ふところがたな》、大番頭といった存在でもある。

隼人は、公安部のビッグデータで、境の顔認証検索を掛けてみた。場所は宮城県内。期間は、「火天の誓い」の玉乃井が失踪してから死体で見つかるまでの間に絞った。

出てきたのは、仙台市内の路上監視カメラに写った画像が四枚。境が仕事で企業や不動産協会のビルに出入りするどうということのない写真だった。

境の運転手が一緒に写っているものもある。用心棒ぶって睨《にら》みを利かせて、境の斜め前を歩いている。義兄の伊織崇だ。隼人は呆《あき》れたが、次に崇の顔認証で検索してみた。六枚が掛かってきた。三枚は仙台市内を境の車で移動中の運転者として。あとの三枚は、街路の歩行者として、写っている。

街路の一枚に目を留めた。

コンビニから、商品が入った袋を提げて出てきたところを、電柱の監視カメラが写したものだ。

停めている何台かの車へは向かわず、駐車場をまっすぐに横切ろうと歩いている。

隼人はそのコンビニに見覚えがあった。仙台で、品川道場の玉乃井の携帯電話が微弱な電波を発しているという建物を見張った時に、隼人が入ったコンビニだった。データを確かめると、その店舗に間違いなかった。

崇はコンビニで買い物をし、道路を隔てて向かいにある建物へ行こうとしていたのだ。かつて「龍神天命教団」の仙台支部だった建物で、現在は境の不動産会社が所有していた。会社役員には久保城も名を連ねている。

撮影日時は、隼人が見張った日の前日、午後九時過ぎ。カメラが捉《とら》えたこの時間帯に、崇は問題の建物に出入りしていたようだ。それからおよそ二十四時間後、隼人は建物から出たワゴン車を尾行した。照浜の震災復興流通事業センターへ入ったのを確認し、入れ違いに出てきた崇と境の車に遭遇した。

玉乃井謀殺に崇が関係している。

「姉さんが泣くぞ」

顔をしかめた。

崇の後ろに、もう一人別の男がコンビニから出てきていた。その男は手に何も持っていない。店を出たところなので、どこへ向かおうとしているのかわからない。崇の連れなのか、関係のない客なのかは、判断がつかなかった。崇の提げる袋の大きさからみて、崇がこの男の飲食物も併せて買ったようすだ。

男は短髪、精悍な顔つきで、黒っぽいウインドブレーカーにジーンズを穿《は》いている。画像は粗いが、鋭い目つきであるのはわかる。

隼人は男を見つめる。九年前の記憶に触れるものはないが、何かが引っ掛かる。赤石や、写真で見た左納と、共通する雰囲気を持っている。殺伐とした、凶悪な気配だ。

男の顔の精度を補正し、検索した。ビッグデータ内の全てを対象にしたが、登録された個人情報は無い。

画像が一枚だけ引っ掛かってきた。

夜の歩道を、この男がマスクを着けずにリュックサックを背負って一人で走っている。街頭カメラが捉えた写真で、昨夜の午後八時、JR船橋駅南側の画像だった。

隼人は、しばらくその画像を見つめていた。

男が走っているというだけで、何の事件性もない。しかし、約束の時間に遅れそうだから走るというふうではなくて、どこか緊迫したようすがある。いったい船橋で何をしていたのだろう。

昨夜の船橋周辺での事件、事故を調べた。交通事故、喧嘩、置き引き。ありきたりな日常の出来事ばかりだった。

隼人の手が止まる。

火事があった。午後九時前。男が走っていた場所から五百メートル圏内。「徐福商行」という食品雑貨の輸入業者の事務所が全焼し、経営者の中国人が死亡している。報道では伏せられているが、公安部のデータ照合によると、死んだのは中国国家安全部の協力者で、焼けた死体は額を撃たれていた。弾は中国製のノーリンコ軍用拳銃から発射されている。出火原因は放火。所轄署と県警本部の捜査に、警視庁から捜査第一課、公安外事第二課が協力しているが、犯人はわかっていない。

事案の捜査員は、現場最寄り駅のそばを走っていたこの男に気がついているだろうか。昨夜、船橋で何かが起こっていたに違いない。そしてこの男はどこへ消えたのか。

隼人は、ライブ顔認証システムを使おうと考えた。システムを利用するには、捜査員のＩＤパスワードを入力しなければならない。隼人の探っている内容が、管理者権限を持つ上層部に知られる。副総監の樽下の声がよみがえる。しばらく控えてくれ。

ためらったが、パスワードを打ち込んだ。

この一時間以内。対象エリアを千葉県内、都内、仙台に絞り込む。エンターキィを押した。「検索中」の文字が点滅する。また妨害されないかとひやひやして待った。

ヒットした。街路を歩く男。船橋の歩道を走っていた男だ。マスクをしていないのは、マスクをするのが嫌いなのか。

高級そうなマンションの玄関ドアへ入っていく。いまから六分前。西麻布ステートマンション。中国大使館のそばだ。

隼人は、ビッグデータに切り替えて、そのマンションの入居契約者リストを確かめた。中国人が四人購入している。それぞれの個人情報を調べようとして、別の契約者に目が留まる。四〇五号室、境岩次郎。

ドアが開いて係長が戻ってきた。

「宮守、まだ品川の観察所へ行かんのか」

係長の机上の電話が鳴る。足早に机へ向かう係長を横目に見て、隼人はパソコンをシャットダウンし、席を立った。

11

警視庁の捜査車両では自分の動きが把握される。隼人はカワサキZ六五〇で麻布へ走った。

警視庁から六本木通りを走って十分。

中国大使館前で警官が立哨《りっしょう》する区域を南へ抜け、テレ朝通りを右折して少し入った住宅街に、西麻布ステートマンションがあった。道幅の狭い下り坂に面している。

八階建ての瀟洒《しょうしゃ》なマンションの前を走り抜け、コインパーキングを見つけて停まった。バイクを駐輪できるか確かめようとして、見覚えのある車が停まっているのに気づいた。

黒い国産高級車。仙台ナンバー。義兄の崇が運転していた、境の車だ。

境が上京しているのか。隼人は思わず辺りを見まわした。運転手の崇がいれば、フルフェイスのヘルメットを被っていてもこちらの正体はバレてしまう。

二十メートルほど先に、住宅の間の細い道がある。隼人はバイクをその道に入れて、下り坂に前輪を向けた。坂道は西向き一方通行で、境の車はここを通るはずだ。

あの男がマンションに入っておよそ三十分経つ。まだいるだろうか。男が仙台や船橋で非合法なことをしてきたのなら、たとえ境が関わっていたにしても、境は自分の所有物件に長時間かくまったりしないだろう。久保城議員に累《るい》が及ぶのを恐れるからだ。

あの男は時間を置かずに出てくる。勘が告げていた。同僚から「五秒前の予知能力」とからかわれるものだが。崇が男を車でどこかへ運ぶかもしれない。

隼人の思考が中断した。目の前を崇の運転する車が横切った。後部座席の窓にはスモークが掛かっているが人影が見えた。

隼人は距離をあけて追尾した。

午後の陽は高い。崇が後方を確かめれば、尾けてくる隼人に気づくのは、たやすいはずだった。隼人は、車を何台も挟んで、崇の車を遠くに見失いそうになった。

日比谷線の通りを右折し、北上する。外苑西通りを進んだ。北西へとカーブする見通しの悪い道だ。しかし長距離の尾行はどこかで気づかれるだろうと不安だった。追跡用発信装置を取り付けておけばよかったと悔いた。

車は南青山の閑静な住宅街に入った。

一戸建てのお屋敷と、低層三階建てまでの高級マンション。住民しか通らない一車線の道だ。尾けていけば気づかれる。隼人は屋敷の塀の角で停まった。

崇は抜け道に使おうとして入ったのではない。この区画内のどこかが目的地なのだ。

隼人は、ヘルメットを外した。ジャンパーのポケットから、カメラレンズを仕込んだ眼鏡を出して掛けた。観察用に常備させられている物だった。ブルートゥースでスマートフォンと同期させて、ヘルメットを被る。動画撮影を始め、ゆっくりバイクを走らせて、住宅街を進んだ。

仙台ナンバーの車があった。崇が運転していた黒い高級車だ。一階の半分が車庫になった屋敷に停まっている。

隼人はその家の外観を見渡した。箱型の三階建て。白い漆喰《しっくい》の外壁。二階の窓は縦長の長方形。三階に、木の手摺りを渡したベランダ。

木目調の玄関ドアを開けて、二人の男が入っていくところだった。崇の後から入ろうとする男がバイクの音に振り返る。短髪、酷薄で鋭い眼光。画像に写っていた走る男に違いない。じっと睨まれ、フルフェイスのヘルメット越しでも顔を見透かされているようだ。男が入り、ドアが閉まる。唐草文様の門扉。門柱のプレート。「エイクマン」とカタカナ表記の名前。

隼人はその前を走り抜け、近所を回って、コインパーキングにバイクを停めた。ヘルメットとジャンパーを脱ぐと、地味な背広姿で、営業回りの若い会社員に見える。

スマートフォンで、崇たちが入った「エイクマン」の家を調べた。

デイ・エイクマン。

ワシントン・メイン・タイムズ東京支局長。

隼人は、エイクマンの職業名を見つめる。アメリカの保守系新聞社だ。中国の国家安全部ではなかったのか。画像には初老の白人男性が出ている。

隼人は困惑した面持ちになり、さっき撮った動画を個人のクラウドに保存した。マスクを着けて、来た道を歩いて戻る。エイクマンの家が近づくと、ふたたび動画撮影を始めた。

エイクマンの家のほうからマスクをしていない男が歩いてきてすれ違った。四十歳前後か。髪を刈り上げ、濃いサングラスを掛けている。意志の強そうな引き結んだ口。紺のジャケット、白いポロシャツ、ツータックのストレッチチノパン、フェイクレザーのウォーキングシューズ。体格はたくましく、歩き方も力強い。

すれ違って角を曲がると、三軒先の右側がエイクマンの家だった。一人の男が、玄関ドアを閉め、唐草文様の門扉を開けて道に出てくるところだった。

巨漢だ。全身が引き締まったレスラーのようで、灰色のスタジアムジャケットにジーンズ、黒のスニーカー。サングラスにマスクで顔は隠れている。

左納澄義。

隼人は、驚愕した瞳を慌てて伏せた。

二人の距離がもう少し近かったらこちらの動揺を左納に気づかれてしまっただろう。

隼人は眼鏡の隠しレンズで左納を捉えた。歩いてくる左納を避《よ》けて進む。

九年振りだった。隼人は激しく動く気持ちを抑え込みながらすれ違った。激しているのは、恐怖心かもしれない。左納もサングラスの奥からこちらを見ていたはずだ。何かを勘づかれただろうか。隼人はエイクマン邸から遠ざかりながら、左納の放つ凄愴な気配を背中に感じていた。

仙台ナンバーの車はまだ停まっている。しかし、祟や船橋にいた男のことよりも、左納の行く先を突き止めたい。隼人は、四つ辻の角を折れると、駆け出した。別の道を走って左納の後ろにつこうとした。予想していた道筋に左納はいなかった。視線を配って周辺を歩きまわった。

見当たらない。左納は隼人を警察だと見抜いたのか。それで隼人の視界から隠れ、逆に隼人を尾けているのではないか。隼人は急いでパーキングに戻り、バイクのロックを解除した。怪しまれたのなら早くここから離れなければ。警戒心というより恐怖心にとらわれている。怯《おび》えていた。

ふと、気掛かりな顔になり、バイクの周りを回って確かめた。よく見ると、シート後尾の下部に、黒いビニールテープの切れ端が貼り付けてある。

剝《は》がすと、指の爪ほどの黒いプラスチックのチップが貼られていた。GPS発信装置だった。

西麻布から尾けていたのを気づかれていたのだ。この装置を仕掛けたのは、先にすれ違った男か、それとも左納か。隼人はチップを地面に落とし踵《かかと》で踏み潰した。

すれ違った男や左納が写っている動画データを、個人のクラウドに移し、スマートフォン本体からは削除した。

撮影用眼鏡をしまい、ヘルメットを被って走りだした。左納の放つ威圧感が迫ってくる。

どこへ逃げればいいのか。

とりあえず、復帰せよと命じられた品川の観察所へ。広い道路へ出てアクセルを回した。

12

隼人は、二百四十六号線を高速で南下しはじめた。

やがて速度を落とし、道沿いのコンビニに乗り入れるとエンジンを切った。ヘルメットを外し、深い息を吐く。

どうして俺は逃げているんだ。

店のガラスに映る自分を見た。

ひ弱そうな若いやつが怯えた顔でバイクに跨《また》がり震えている。怖いものから逃げ出してきた顔だ。

何を逃げることがある？　隼人は自分に問うた。九年前の左納の顔がよみがえる。父を刺し殺した後、二階にいる隼人を見上げて、ニヤッと嘲笑《あざわら》った。二階に逃げた隼人は胸中で叫んだはずだった。次に会ったら、絶対に逃げないからな、と。

隼人は羞恥心《しゅうちしん》で蒼《あお》ざめた。逃げているではないか。九年間あいつの顔を忘れないようにと照浜へ帰っていたのに。

ヘルメットを被り、エンジンを始動して、来た道を引き返した。

南青山へ戻り、別のコインパーキングを見つけて停めた。歩いてエイクマン邸が見えるところまで近づいた。

崇が運転してきた黒い高級車はなかった。

悲壮なほどの緊張感が緩んだ。力んで引き返してきたものの、もう誰も残っていないかもしれない。隼人は冷静な気持ちに立ち返って、白い邸宅を眺めた。

支局長のエイクマンはいるのだろうか。午後三時。この時間は職場で働いているようなものだが。左納たちが集まっていたのは、エイクマンも在宅だからこそか。

玄関ドアが開いた。背広姿の男が出て、車庫にまわる。隼人はスマートフォンのカメラ機能で男を撮った。

背の高い六十歳前後の白人で、銀髪、赤ら顔。鷲《わし》を思わせる顔つき。検索した時に画像で出ていたデイ・エイクマンだ。

白いセダンの外国車に乗って出掛けていく。隼人は車のナンバーも写した。

バイクを停めたパーキングへ走りながら、地図でこの周辺の道を調べた。一方通行の方向から、邸を出た車の進行方向を推測する。

バイクを走らせて、エイクマンの車に追いついた。

二百四十六号線を右折し、北上する。赤坂離宮の横を過ぎて永田町へ向かっていく。

平河町のビルで、地下の駐車場に入った。隼人は路肩にバイクを停めた。

六階建てのテナントビルで、縦長の看板に、法律事務所や会計事務所の名が入っている。四階が、ワシントン・メイン・タイムズの国会通信局だ。

窓に電灯が点《とも》った。無人の通信局に、エイクマンが入ったのだ。普段はエイクマンが自分のオフィス代わりに使っているのだろう。

隼人はバイクを降りて歩道に立ち、観察することにした。歩道に人の往来があるが、そのビルに出入りはなかった。

スマートフォンが震える。通話の着信だった。第十一係の卓上電話からだ。

「はい」

「どこにいる？」

係長だった。

「はい、現在、ええっと、青山通りを移動中です」

言ってから、ＧＰＳでここにいることを把握されているかもしれないと考えた。

「品川じゃないんだな」

「はい、調べることができまして」

「すぐに帰ってきてくれ」

有無を言わさぬ口調だ。

「了解しました」

通話を切って、建物の陰に寄った。禁じられた方面をまだ探っているとバレて呼び戻されたのだ。もうしばらく観察しようとビルのほうを見つめていた。

対向車線をやってきた車が、右折ランプを点灯して、ビルの駐車場に入ろうとしている。仙台ナンバーの黒い国産高級車。崇が運転している。後部座席に、人影がある。

隼人はスマートフォンを握って走った。車は車線を横切って地下駐車場へ入っていく。

隼人はフラッシュをオンにして後部座席の窓を連写した。

車が下りていった後で、撮った画像を確かめた。フラッシュのライトを反射して白く光る窓ガラスばかりが写っている。角度が変わり、二枚だけ、スモークの入ったガラス越しに後部座席がぼんやり写っていた。

マスクをしていてもわかる。崇のボスの境がこちらを睨んでいる。

その向こうに並んで座っているのは、東日本大震災復興担当大臣の久保城励造議員だった。

隼人は二枚の画像を個人のクラウドに送り、スマートフォン本体から消去した。

駐車場から男がスロープを駆け上がってくる。崇だった。隼人はきびすを返して走り、バイクに跨ると、行き交う車の隙間をぬってUターンし、対向車線で加速した。

危険なところへ深入りし過ぎた。警視庁に戻れば、いまの仕事から外されるだろう。何を探っているのか徹底的に調べられる。個人のクラウドも安全ではないと気づいた。玉乃井の死顔が浮かぶ。

「やばいな」

クラウド以外にデータを隠して保存できる場所を考えはじめた。

13

放射線測定器のデジタル表示は微量な数値を示している。人体には安全な範囲だった。

手術台に似た長方形の鉄の台上に、鉛の棺が横たわっていた。

大島は数値を覗き込んで、不安と不満を露《あら》わに顔にした。

「何かあって漏れ出したら。俺たち被曝《ひばく》しますよ」

起爆装置は取り外し、破壊したが、安心できない。そばに立っている樽下警視監は重々しく首を横に振った。

「安全だ。処理の準備ができるまでこの部屋は封鎖する」

五メートル四方の密室内に鉛版を張り渡してある。室内には、鉄の台と、電灯と、出入口の厚いドアしかない。神楽坂の地下には使われていないこんな一室があった。

樽下は言った。

「終戦直前に、米軍の新型爆弾にも耐えられるようにと作られた指令室の跡だ」

「そこへ逆にこいつを封じ込めるんですね」

大島は、スーツケース型核爆弾を密閉した棺を、嫌悪のまなざしで見る。

樽下の後ろに、五十歳前後の痩せぎすの女が控えている。髪を後ろにひっつめて、細いフレームの眼鏡、黒いビジネススーツの上下。有能な事務官か秘書官という雰囲気だ。安行警部。樽下の直属で、警視庁内とFの情報共有担当官だった。

「核処理班の分析では、W七二タイプの八分の一サイズです。核出力は百トンに達します。ソ連時代の戦略核兵器を流用したものです。起爆装置だけは新しくて、最近のアメリカ海軍製を模しています」

安行の説明に、南洲が首を傾げた。

「八分の一……このプルトニウムの重量は二十五キロでしたよ。パリから送られて来たデータと合わない」

安行はうなずいた。

「教団が購入したうちの五キロほどが未《いま》だ行方不明です」

大島は驚いた顔になった。

「左納はこいつの小型をもう一発持ってるのか」

「左納が持っているかもしれませんし、教団が分割して、隠匿した時のままどこかにあるのかもしれません。でも、起爆装置はこれしかありませんから。残りの五キロで核爆発は起こせません」

大島は安心できないという顔で、

「課長、残りも回収するんでしょう？」

翳《かげ》りのある目で棺を眺めていた菊池はうなずいた。

大島は両手の指と指を組み合わせ、申し訳なさそうに言った。

「今度は逃がしません。船橋の徐福商行からたどっていけば、中国の国家安全部につながるラインのどこかに、必ず左納たちはいます」

なあ、貴地野、と呼びかける視線を隣りに向けた。貴地野は、もちろん、というふうにうなずいてみせたが、表情は暗かった。

安行が言った。

「射殺したテロリストの五位堂は、西新宿のマンションで確認されるより前の足取りが、つかめません。船橋へ移動した二人も、公安のビッグデータには登録されていないし」

南洲が言った。

「徐福商行から消えた男は、今日の午後、西麻布ステートマンションに入るところを認証されました」

安行に対して少し優越感を覚えている目だ。大島がつぶやく。

「中国大使館の近くだな」

南洲はうなずき、

「マンションには中国人が四人入居しています。この四人を詳しく調べてみます」

樽下にうながされて、皆は部屋を出た。

重い扉を閉め、古い棒鍵で施錠した。

現在の指令室に移動し、楕円形の平卓を囲む椅子に就いた。課員四名、樽下、安行の、計六名だった。大島は持ってきた放射線測定器で室内の数値を確かめている。パソコンの前で南洲が口を開いた。

「中国は本気でしょうか。東京で核爆発を起こせば、アメリカと交戦状態に入りますよ」

樽下が言った。

「内調（内閣情報調査室）の調査重点項目に、中共と北朝鮮による核の先制攻撃、中共とロシアとの軍事密約、などがある。中共は、東京を世界大戦の発火点にするつもりかもしれん」

樽下は、菊池に、これからどうするのだと問う目を向けた。皆の視線が菊池に集まる。菊池は言った。

「左納を確保します。中共の仕事を請け負っているのか、自律的なテロ活動なのか、はっきりとしていない。わかっているのは、実動の全てを左納が握っていることだけです」

「潜伏先はわかるか？」

「これまでのデータを精査します。それに加えて」

菊池の眼光が鋭さを増す。

「品川道場の玉乃井が死体で見つかった仙台市照浜。九年前、教団が照浜漁港で核爆弾を受け取る予定だったことを考え合わせると、あの周辺を精査する必要がある」

南洲は壁際のパソコンに向いてキィボードを叩きはじめた。

14

仙台市照浜。

木曜日の午後。潮風が微《かす》かに吹いてくる。

高い塀に囲まれた広大な敷地に、巨大な箱型の施設がそびえたっている。

震災復興流通事業センター。正門が開け放たれ、駐車場に車が並び、入りきれない車は塀の外の路肩にまで連なっている。

屋外の開業セレモニー会場では、密着を避けて並べた来賓席に、地元の名士や有力者、中央の政治家、経済界の大物が就いて、仮設の壇上に拍手を送っている。

テープカットをお願いします、と司会者の声がする。横並びになった各界の有力者が、紅白のテープに鋏《はさみ》を入れる。真ん中に、東日本大震災復興担当大臣の久保城議員がいた。

晴れた空に色とりどりの風船が上がっていく。会場の隅で、大島と貴地野はそれを見上げもせずに来場者をうかがっている。

壇上のマイクスタンドが調整されて、スピーチが始まる。久保城が立った。満面の笑みを浮かべている。

地元の復興はもちろんのこと、最先端ＡＩを導入したこの流通システムは、世界の流通を先導する画期的なものだ。

久保城は誇らしげに語った。自分がまだ四十代の若造だった頃、政府から派遣され、阪神・淡路大震災の復興のために神戸で新しい流通事業システムを起《た》ち上げた。以来、流通システムの革新に取り組んできたが、その集大成であり、未来への橋渡しであるのが、この施設だ、と胸を張った。

「照浜の名は、二十一世紀流通大革命発祥の地として、世界史に刻まれるでしょう。日本はこれからの数年で、流通超大国として、グローバル経済の覇者となり、世界経済の中枢国となる」

自信をもって言い切る。

「そのためにも、この国そのものが、大胆な制度改革を断行し、新しい形態に進化しなければなりません」

来賓のなかには、外国人もいる。各国大使館の通商代表で、米中のゲストも座っている。大島と貴地野は、人々の顔に視線を走らせていたが、テレビ局のカメラが自分たちに近づいてくると、二手に分かれて人の陰に紛れ込んだ。

大島はマスコミに開放された施設のなかをのぞいた。

だだっ広い、無機質な、がらんどう、という印象だった。久保城はスピーチで、地元の雇用者数六百人と言っていた。AI知能が統制する現場では、人間はロボットで置き換えができる。人の雇用は初めのうちだけなのか、労働者のためのロッカールーム、トイレ、食堂などは、組み立て式のパネルやパーテーションでできた予算を掛けていないものだった。

センターから目と鼻の先の海岸で、教団の元信者玉乃井の死体が上がった。それに、九年前、教団が核兵器を受け取る予定だったのが、照浜漁港。菊池が指摘したとおりで、照浜には事件の背景が隠れているようだ。

この地にセンターを設立した久保城は、総理大臣候補と目される大物代議士であり、教団仙台支部だった建物を引き取った地元企業の役員でもある。

大島は足を停めた。

来賓席の一角に、知った顔がある。

警察庁のトップ、葛野《くずの》長官だ。そういえば葛野は、久保城の派閥に属する警察官僚だった。

葛野の背後には、警護警官とわかる私服の男たちが立っている。警視庁公安部の小此木警部補の顔もある。小此木は警察庁に出向していた関係で葛野の子飼いになっていた。葛野のそばに立って辺りを見渡している。その眼光がこちらに向く。小此木は大島を知らないはずだが、何かを見つけたように顔つきが変わった。大島は視線を落とし、気配を消してその場を離れた。

小此木が他の刑事にささやいてこちらへ歩いてくる。大島は足を速めた。離れた所に貴地野の背中が見える。誰かと話しているようで、こちらには気がついていない。いざとなれば小此木を処理しなければならない。大島は進みながら、場所を物色しはじめた。

前方にも足を速めて出入口を目指す男がいるのに気づいた。こちらを振り返らずに人の間をすり抜けていく。背広を着ているが、正装というほどではない。来賓客に紛れ込んだ若者だ。若者は後ろをちらと振り返る。大島は、はっとなった。公安第十一係の宮守巡査部長だ。市毛が刺殺された時に現場に居合わせ、性懲りもなく周りを嗅ぎまわっている男。宮守は正門から道路へ出ると、走りだした。

大島は歩調を落として後ろを確かめた。すぐそばに小此木がいた。小此木は周囲に鋭い視線を向けて、誰かを捜している。視線は大島の顔を流れた。小此木は正門まで進み、外を見渡す。宮守の姿は消えている。小此木は、きょろきょろと見まわしながら、大島の前を通って来賓席へ戻っていく。

大島は正門の外へ出た。バイクの音がした。カワサキZ六五〇が門前を走り抜け、速度を上げて遠ざかっていく。フルフェイスのヘルメットを被り、濃緑のジャンパーを羽織っているのは、宮守だった。大島は、スマートフォンで神楽坂の南洲を呼び出した。

「第十一係の宮守が、事業センターからバイクで出た。追跡してくれ」

車種とプレートナンバーを伝えた。

門内に引き返すと、貴地野が現れた。貴地野は、手掛かりはないというふうに首を横に振る。

「若いやつがいた」

「誰です？」

大島は、いまの出来事を話した。貴地野は正門のほうを眺めた。

「何を追っているんでしょうね。我々と同じ獲物でしょうか」

貴地野は蒼ざめて元気がない。疲れているのか、と大島はその顔を見た。心ここにないような目だ。大島は訊いた。

「聞き込みしてたのか」

「え、いいえ」

Ｆはむやみに聞き込みなどはしない。人の記憶に残ることは避けている。

「誰かと話していたな？」

「ああ、場内のスタッフにドリンクを勧められていたんです」

貴地野は笑って答えた。

15

隼人は夜更けに自宅のアパートに帰り着いた。

中央線高円寺駅と丸ノ内線新高円寺駅の間に広がる住宅街の一角。地味なココア色の築十六年六階建て賃貸アパート。四階、エレベーターから一番遠い角部屋。

昨日、係長に二度呼び出されたが、体調不良での病気欠勤を願い出た。係長に、微熱が出て喉《のど》が痛いので、と言うと、だったらPCR検査受けてから戻ってこい、と冷たく言われた。それから後は独断で動いている。今日は仙台照浜で小此木警部補に捕まりそうになって逃げ、東北自動車道を走り、船橋に移動した。船橋駅の周辺や、徐福商行の焼け跡を見たが、得るものはなかった。

一階の駐輪スペースにバイクを置き、エレベーターで四階へ上がる。

通路に足を踏み出して、固まったように止まった。

通路の奥、自室のドアの前に、影が立っていた。

背の高い、細身のシルエット。黒いロングコート、中折れ帽子を目深《まぶか》に被り、つばで陰になった顔は、鋭利なナイフを思わせる輪郭だった。

雪の日に六階の通路から見た、あの男だ。

男は顔を上げた。冷たい、凄《すご》みのある眼光に射すくめられる。

隼人は、思考が痺れたように、無防備に男に近づいた。

男は黙って隼人を見つめている。生きた感情のない瞳。隼人は、隣室のドアの前で足を停めた。男を見返すことで抵抗したが、強い力で男の瞳にひきずりこまれそうだった。

男の薄い唇が動いた。

「何をつかんだ？」

「あなたは警察官ですか。どこの所属です？」

答えない。

「どこの誰とも知れない人に、教えるはずがないでしょう」

男は冷然と見つめている。唇だけが動く。

「君が個人で持っているクラウドのデータボックスを見つけたが、君が保存したはずのデータは消されていた」

「え？」

隼人はスマートフォンを出して自分のクラウドにつないだ。南青山のエイクマン邸や平河町のオフィス前で撮った画像は全てなくなっていた。

「くそっ」

左納の背後には高度な技術を持つインテリジェンス組織があるのだ。

目の前の男も、そんな組織の人物に違いない。左納とは別の組織であるとしても。

隼人は言った。

「コピーを別なところに隠したと考えて、奪いに来たんですね」

コピーを作ったと白状してしまったようなものだ。

「協力を求めにきた」

「協力ですか。情報を一方的に取り上げて、その後は？　赤石や玉乃井みたいに、人に知られず抹殺ですか」

隼人は半歩前に出て、男から目を逸《そ》らさずに、自分のポケットに鍵を探り、自室のドアを解錠した。

「入らないほうがいい」

男は言った。

「あなたの指示は受けない。取引きもしない」

隼人はドアノブを回した。男の眼光が強くなる。

「さっき男たちが忍び込んで、出ていった。君のデータを狙って家探ししたんだろう」

「あなたは何もせずにそれを見ていたんですか」

「来るのが間に合わなかった」

「この通路に監視カメラを付けているんですね」

「部屋のなかにトラップを仕掛けていったに違いない」

「ぼくなんかにトラップを？」

笑ってみせた。

「ぼくは、五秒前の予知能力者って言われてます。危険は自分で察知しますから」

「入るのは命取りだ」

「もう帰ってください」

隼人は素早くドアを開けて暗い玄関へ入り、施錠しようとした。

キッチンのレンジの辺りで何かが光った。次の瞬間、炎が噴き上がり、火球となり、膨らんだ。隼人は叫び声をあげ、両腕で顔を隠した。後ろからジャンパーの背中を引っ張られたが、爆発の衝撃に飛ばされて、闇の底へ落ちていった。

Ⅲ

1

金曜日。午後六時。

西の空には青黒い靄《もや》が鈍くよどんでいる。残照だろうか。渋谷方面の街灯《あか》りかもしれない。

港区南麻布。

スイス大使館、ノルウェー大使館と道を挟んで、ベージュ色四階建てビルの窓に灯りがある。

中国大使館経済商務処。

春分の日の祝日だが、普段通りに退勤する人影が門を出て、三々五々、散っていく。

最寄りの日比谷線広尾駅のほうへ足を速める者、徒歩で十分と掛からない大使館のほうへ向かう者。コロナ禍といっても在宅勤務ではできない仕事に携わっているのだろう。

一人の女が、南へ、緩やかな坂道を下っていった。

カーキ色の春物のコートに、赤いバッグを肩に掛けている。背の低い、ショートボブの女だ。大きめのマスクのせいで顔はよくわからない。

有栖川宮《ありすがわのみや》記念公園前の交差点まで歩くと、そのまま公園に入っていく。

商務処の門前から尾《つ》けてきた大島は、一瞬ためらったが、女が木立ちの暗がりに紛れてしまう前に、交差点を渡ってあとを追った。

女は、チョウ・イーシュアン。日本で商売を営む中国の企業や個人をサポートし管理する部署の経済官だが、実際には国家安全部のエージェントだった。

船橋の焼けた徐福商行は、この女が指導する情報網の末端のひとつだ。密輸、不法出入国にも関与していた。核兵器の起爆装置を最近取り扱ったという情報がある。警視庁の安行警部が内閣情報調査室から探してきた情報で、出どころはＣＩＡの関連組織らしい。Ｆが西新宿で回収した核爆弾の起爆装置がそれである可能性が高い。

南洲が、チョウ・イーシュアンのメールや通話の履歴を洗ったが、五位堂や左納につながるものはなかった。近頃はハッキング技術が高度になり、メールなどを使うのは危険なので、諜報員《ちょうほう》のなかには直接口頭でやりとりをする者がいる。技術が発達した結果、諜報活動が半世紀前のスパイ映画の一場面に逆戻りしたのは、皮肉だった。大島が張り込んで尾けてみると、チョウは自宅とは反対の方角に歩き、公園へ入っていくのだった。

池のほとりの遊歩道を、街路灯の灯りの届かない暗がりへ歩いていく。大島は、木立ちを挟んだ別の小道をとって、チョウの行く手へ先に回り込んだ。園内には散歩する人影がちらほらと見える程度だった。

人けのない児童遊具のコーナーがある。暗がりのベンチに、初老の女と小学生位の男の子が座っていた。

女は紺の毛糸のセーターに灰色のロングスカート、下町の主婦という雰囲気で、誰かを待っているふうに遊歩道のほうを振り返って眺めている。男の子はスマートフォンでゲームに夢中だった。

チョウが近づいていく。女は声を掛け、立ってチョウに向かい合う。女が何かを話し、チョウはじっと聞いている。

大島は木陰に隠れ、自分のスマートフォンで盗聴用アプリを起《た》ち上げてイヤホンを挿した。

男の子のゲームの音声が耳にあふれた。大島は収音の方向を調整した。

「あなたに言えば引き取ってくれるって」

初老の女の声だ。

「知りません。わからないです」

チョウの日本語が答えた。

「保管料だって溜《た》まってるんですから」

女は抗議するように言う。

「ほんとに知りません。あなた、相手を間違えてますよ」

「じゃあ捨ててもいいんですね」

女の苛立《いらだ》った声が響く。

「知らないことです。もう電話しないでください」

チョウは決然と言い放ち、きびすを返して来た道を戻っていく。

「だったらどうしてここまで会いにきたのよ」

女は背中に言葉をぶつけるが、チョウは足を速めて去っていった。女は後ろ姿を睨《にら》んで、肩で溜め息をつき、男の子に、

「行くよ」

と言った。男の子はゲームをしたまま立った。チョウと反対のほうへ歩きだす。

大島は、女と男の子を尾けはじめた。

暗い園内を抜け、図書館の脇を抜けて、駐車場へ入る。古い軽自動車に乗り、道路

へ出ていった。大島は、車の画像を撮り、神楽坂の南洲に送ると、車の持ち主を特定するようにとメールした。

図書館前の歩道に出て車のテールランプを見送っていると、返信が届いた。渋谷区恵比寿南、浅井典子《あさいのりこ》。六十五歳。大島は南部坂の交差点まで走って、タクシーを拾った。

恵比寿南へ向かう間に、南洲から追加情報が送られてきた。浅井典子は、シングルマザーの娘と一緒にインバウンド向けの小さなゲストハウスを経営している。ゲストハウスは三階建てで部屋数は十室。経営状態は悪く、客の質も良くない。パスポートの怪しい滞在者も受け入れているという。

大島は恵比寿南アメリカ橋の西詰めでタクシーを降り、ゲストハウスを探した。飲み屋や雑居ビルの並ぶ一角に、古い薄汚れたビルがある。灰色の看板に「ゲストハウス・ノア」と緑色のゴチック体文字で書かれていた。英語、中国語、韓国語、スペイン語の小さな看板も張り付けてある。近づくと、看板が灰色に見えるのは、白い板が雨風に汚れたのだとわかる。

ガラスのドア越しに、狭いロビーが覗《のぞ》ける。大島は、防犯カメラが設置されていないのを確かめた。そんなものを付ければここを使うような客の足は遠のいてしまうのだろうか。何にせよ、コロナ禍の下、インバウンドの流れがほぼ止まった状態で、人の姿は見えなかった。

ドアを開けるとすぐ右手にカウンターがある。

「こんばんは」

声を掛けると、四十前後の女が出てきた。マスクはしていない。明るいベージュ色の髪、女子高生みたいなピンクのリップ。チョウに会っていた初老の女に似ている。一緒にゲストハウスを営む娘だろう。

「浅井典子さん、帰ってきたでしょ。ちょっと訊《き》きたいことがあるんだ」

大島は偽名の警察官身分証を示した。女は反抗するように上目遣いに睨んだ。若い頃から教師や警官にこういう態度を取ってきた女だと思えた。

「何の用ですか」

大島はスタッフルームのドアを見た。

「いるんだろ」

ドアが開いて、男の子が顔を出した。ベンチでゲームをしていた子供だった。何か言いたそうに女を見上げる。腹が減ったと訴える顔だ。女は男の子を手で押しやってスタッフルームへ入っていく。

「ばあば、お客さん」

男の子が奥へ呼ぶ。無人になったロビーで待っていると、チョウと話していた初老の女が出てきた。警戒心を丸出しにして大島をじろじろと見る。

「浅井典子さん？」

「そうですけど」

カウンターを挟んで迷惑そうに、ロビーの奥の階段を目で示す。

「お客さんが出入りする時間ですから」

用件は手短に、ということだ。

「さっき有栖川宮公園で、チョウ・イーシュアンと会っていたね。何の用だ？」

浅井典子は娘と同じように上目遣いに睨んだ。反抗しているというより、どう対応するのが賢いかを計算しているのだろう。損得の判断材料が少ないのか、黙っている。

大島は言った。

「おたくも被害者なんだろ。迷惑を掛けられて」

「ええ、そうなんですよ」

飛びつくように答え、大きくうなずいたが、それなり黙っている。大島がどこまで知っているのかわからないからだ。警察に引っ掛けられるのを警戒している。大島はスマートフォンを出し、射殺された五位堂の国際指名手配のデータ写真を表示した。

「この男が泊まっていたんだね」

違うと言われたら左納の写真を出そうと考えた。浅井典子は、目を細めて画像から顔を離した。険しい表情をわずかに緩めた。誤魔化しきれないと判断したのだろう。従順にうなずいた。

「そうなんですよ」

大島も少し柔らかい口調でたずねた。

「なぜチョウに会いにいった？」

「中国大使館のチョウさんて人が、保管料を払って荷物を引き取ってくれるから、連絡して話して来いって言ってきたんですよ」

「言ってきたって？　誰から？」

スマートフォンを指さした。

「この、山本《やまもと》さん、の友達という人から。藤沢《ふじさわ》って名乗ってたけど。今朝、電話を掛けてきて。会ったことはありませんよ、今朝の電話だけで」

大島は何もかもわかっているというふうにうなずいた。

「この、山本が、ここをチェックアウトする時にフロントに預けていった荷物があるんだな。また取りに戻ると？」

「またステイしに戻るからって言って。そう言うもんだから預かったのに。ケータイに掛けてもつながらないし。どこにいるんだか。ほんと迷惑してるんですよ」

大島はロビー奥の階段を見た。客などいるはずもなく、ひっそりとしている。

「保管しているものをあらためなきゃいかん。ここでその荷物を広げるのも、こちらの商売の邪魔だから、署へ預かっていこう」

浅井典子の目にまた警戒の光が浮かぶ。大島は言った。

「よかったら一緒に来て、荷物をあらためるのに立ち会ってくれるか」

「行かなきゃ駄目ですか」

怯《おび》えの色が浮かぶ。ここの経営で何か脛《すね》に傷をもつことがあるのだろう。

「忙しいなら仕方ないが。来てくれるか」

「いえ。荷物はお任せします。うちは警察には全面協力してます。コンプライアンスですから」

「山本と、藤沢だね。うちで居所を突きとめて、保管料を払うように言ってやろう」

「助かります、お願いしますよ」

浅井典子はスタッフルームから黒いバックパックを取ってきてカウンターに置いた。何の変哲もない、学生が通学に使う大きさのものだった。持ち上げてみると、それほど重くもない。大島は、警官も荷物も早く消えてくれという顔の相手に笑いかけた。

「ご協力ありがとう。預かり証書くから」

2

神楽坂の地下。

平卓に、バックパックの中身が広げられている。

五位堂の遺留品だった。Tシャツ、ブリーフ、靴下、ポロシャツ、フェイスタオル。量産品の安い衣料品ばかりを、要《い》らなくなったバックパックに突っ込んで、預けると言ってゲストハウスに捨てていったのだ。着古したものばかりで、饐《す》えた体臭が染みついている。

作業ズボンのポケットから、レシートが一枚出てきた。ゲストハウスに近い駅ビルの書店のレシートだった。南洲が購入書籍の番号を調べて、五位堂が買ったものを特定した。

群馬県の地図と、奥利根湖周辺のウォーキングガイド。

「山歩きしてきたのか」

南洲の視線が衣料品に向く。

作業ズボンに泥や土が付着している。菊池が言った。

「科捜研に回そう」

警視庁の安行警部にズボンを届けることにした。連絡を取って、貴地野が持って出掛けた。

菊池が南洲に言った。

「奥利根の地図を出してくれ」

南洲がパソコンに向かい、壁のディスプレイに、奥利根湖周辺の航空写真を表示する。

山峡に延びるV字のダム湖で、その南にも洞元《どうげん》湖や、ならまた湖があり、一帯にはダムの数も多い。

「東京の水源地だ」

大島がつぶやく。菊池が言った。

「中国のインテリジェンス組織につながる施設が、このエリアにはあるか?」

南洲はキィボードを打った。航空写真の地図に、ポイント記号が二か所出た。

杭州に本社のある中国系IT企業の社員向け保養所。

家畜やペット用飼料の中国向け輸出入業者の倉庫。

航空写真を拡大し、防衛省との情報共有システム3Dマップを利用して、二つの施設を四方から観察した。

不審なところは見当たらない。菊池が訊いた。

「湖岸までの距離は？」

保養所は湖面を展望できる小高い斜面の中腹にある。湖畔に通じる小道の上り下りは、足もとが悪く、きつそうだった。

飼料会社の倉庫は、道路から私道が分かれて湖畔に至る途中にある。倉庫から湖畔までは百メートルほど。蛇行しているが平坦《へいたん》な舗装道だった。

「これは？」

菊池が拡大した航空写真を指さす。倉庫と湖畔の間に、一軒家がある。3Dマップで見ると、白塗りした鉄柵に囲まれた広い庭の真ん中に、四角い箱型二階建ての別荘らしき建物がある。装飾のない、窓の小さな不愛想な造りだった。湖畔に至る一本の私道を、倉庫を所有する輸出入業者である中国系企業と共有している。南洲が調べた。

「中国人の別荘です」

「持ち主は？」

「ユー・カイドン。五十二歳。職業は、ハナ・エンターティメント・プロデューサー。プロダクション役員、配給会社役員、レンタルＤＶＤ専用映画製作会社役員」

「会社の出資団体は？」

キィボードを打つ音が続く。

「どれも上海のワンジェイ・グループが五十七パーセント出資しています」

ワンジェイ・グループは中国の巨大複合企業だった。ハリウッドの大手映画会社を買収したニュースで日本でも有名になった。菊池は別荘から湖畔への写真を観察した。

「貴地野に連絡してくれ。作業ズボンに付着している土が、放射能に汚染されていないかも調べるように」

大島は、放射能、と口のなかで繰り返した。

見つかっていないプルトニウムが五キロほど。

ゲストハウスの遺留品が、東京都の水瓶《みずがめ》といわれる奥利根湖の湖畔と、死んだ五位堂とを結びつけた。五位堂は、左納の核爆破テロ計画で、核兵器の技術屋として招集されたのだった。

「大島さん、お手柄でしたね」

と南洲が言った。

「まだわからんさ」

「浅井典子を怪しいと睨んだのがよかったですね」

褒める言葉に微《かす》かに疑問符が混じっている。南洲は心底から感心しているのではないようだ。そもそも大島はどうしてあの初老の女を尾ける気になったのか、不思議に思っているらしい。南洲は思い出したように、

「奥利根湖事件」

とつぶやいた。左納が教団にいた時代に、警視庁公安部の捜査員たちを殺して埋めたと考えられている事案があった。

「左納にとっては、土地鑑のある場所だな」

しばらく沈黙が流れた。菊池が言った。

「明日は奥利根へ行く。今日は解散だ」

今夜は早めに休んでおけというのだ。


大島は「月照」を出て神楽坂を離れた。

飯田橋駅から地下鉄を乗り継いで、浅草へ出た。祝日の夜なのに、ひっそりとしている。人の少ない歩道を抜けて、神谷《かみや》バーに入った。テーブルに就き、独りで電気ブランと黒ビールを啜《すす》った。若い頃からの好物で、たまの息抜きに電気ブランを飲みに来る。今夜は独居するアパートへまっすぐ帰る気にならなかった。

わざわざ遠回りして東武鉄道の駅のそばに来たのもそんな気分の表れだった。

電気ブランと黒ビールを交互に飲む。ぼんやりと手元に目を落とした。

大島は、F課にリクルートされて「退職の後に行方不明」になった時は独り身だった。それ以前に、妻は、不規則な勤務の大島と離婚し、一人息子の翔《しょう》をつれて、区役所勤務の男性と再婚した。定時出退勤できる安定した生活を送る平凡な男だった。翔はきちんとした家庭環境で育っていくに違いない。大島がFへ行く気になったのは、安心と孤独からだった。ところが、元妻が交通事故で死んだ。区役所の男は別の女性と再婚し、翔は元妻の実家に引き取られて、元妻の年老いた母親と二人で暮らしはじめた。

大島は苦い顔で電気ブランを呷《あお》る。自分は早まったのだ。この世界は予測不能。翔がこんな境遇になるとは。「行方不明」なんかにならなければよかった。だがFに所属する間は、以前の暮らしに戻ることは許されない。遠くから翔を見守るしかないのだ。東武伊勢崎線に乗れば翔の暮らす町へ行ける。浅草まで来て、駅へ行く手前で踏み止《とど》まって、好きな店で好きな酒を飲む。それで自分を誤魔化さなければいけなかった。

今日、浅井典子と孫の男の子を尾行した。捜査の勘が働いたからではない。あの二人が気に掛かったからだ。元義母と翔に重なったのだ。私情だった。南洲が言うようなお手柄なんかではない。

大島は電気ブランを呷って、おかわりをした。ホール係の若者は半券を片手で器用に切ってテーブルの間を歩いていく。

3

貴地野は、市ケ谷の駅で、鞄《かばん》に入れた五位堂の作業ズボンを、警視庁の安行警部に手渡した。

菊池からは、明日奥利根へ行くので今日は休んでおくようにとメールがあった。

夜の九時過ぎだった。自宅へ帰ろうとしたが、ふと足が停まる。瞳に光が揺れる。足は吸い寄せられるように都営新宿線の乗り場に向かった。

地下鉄に乗って新宿三丁目で降りた。

地上に出て歩道を歩く。夜気は春めいて、行き交う車のライトは白くにじんで見える。

総合病院の灯りが道路の向こう側に現れた。貴地野は歩道で立ち止まり、入院階の消灯した窓々を眺めた。しばらくそうやってたたずんでいた。

「来てくれたな」

後ろに男が立っていた。

貴地野は厳しい目で男に向き合った。

船橋で取り逃がした男。仙台照浜の流通事業センター開所式で声を掛けてきた男。

男は、貴地野の視線に、わずかに笑って応じた。邪気のない笑いだった。貴地野より五、六歳年上か。余裕をもって貴地野を見下ろしている。男は言った。

「俺を捕まえたりは、しないよな。優香さんに会いに来たんだろ」

俺たちならあんたを優香さんの病室へ案内できる、と会場の人ごみでささやかれ、貴地野は、その時点で思考を停《と》めた。

「俺は鳥井という。今夜は休戦だ、貴地野さん」

お互いを名前で呼び合おうというのだ。個人と個人になって。

男は誘うように歩きだす。貴地野は無表情であとに続く。

角を曲がると路上に白い乗用車が停まっていた。運転席にはリー・ジングーがいる。鳥井は、貴地野と並んで後部席に乗り込み、足元のリュックサックから、医師の着る白衣を出した。

「これを羽織ってくれ」

「病院に入るのか」

「入らないで会えるか。ベタな方法だがこれが確実だ。新型コロナウイルスのせいで病院に入るのは難しいんだ。院内の監視カメラには映らないようにしてある」

鳥井は自分も白衣を着た。車は街路を走り、交差点で折れて、病院の通用門のそばに移動した。

鳥井は無言で歩道に降りる。貴地野は鳥井に連れられて、白衣の医師といったいでたちで外付けの非常階段を三階まで上がった。

鳥井は非常用扉の鍵を開けて、目で入れと促す。

人影のない通路を進んで、「桜井優香」とプレートのある個室に入った。

貴地野はベッドから少し離れたところで立ち尽くした。

女は穏やかに眠っている。肌は透き通るように白く、小さな唇は赤い。喉に穴を開けて、流動食を入れるための管を挿入してある。鼻には酸素呼吸のチューブが挿入されていた。貴地野は、静かな寝息を聴いた。

鳥井はスマートフォンを出して、ベッドの傍《かたわ》らに並ぶ電子機器を撮っている。貴地野はベッドに近づいて、優香の顔を見下ろす。

「痩せたな」

とささやいた。そっと掛布団の端をずらして、優香の腕に触れる。手首も細くなっている。

「行くぞ」

鳥井がささやいた。貴地野は布団を元に戻し、優香の顔を一瞥《いちべつ》すると背を向けた。

侵入経路を戻って、待っていた車に乗った。白衣を返し、黙っていた。鳥井も口をきかなかった。貴地野をそっとしておいてやろうというふうだった。新宿駅そばの路上で車から降ろされた。

「俺たちならあの娘を完治できる。俺たちに任せれば、あんたも世間に戻って、あの娘と二人で暮らせる」

鳥井はそう言い、内からドアを閉めた。

貴地野は走り去る車のテールランプを見送った。鳥井は交換条件を言わなかった。どんなことを要求してくるかは貴地野にはわかっている。

Fを売り渡す。

貴地野は蒼白《そうはく》な顔で車のライトの行き来を見つめていた。夜空を仰ぎ、俯《うつむ》いて、歩きだした。

4

午前七時前。

菊池が地味な灰色のセダンを運転して神楽坂を出た。

大島と貴地野が配送業務用に見える小型のワンボックスカーで後ろについた。

首都高速五号線、関越自動車道を乗り継ぎ、県道をひたすら山中に入っていく。春の三連休の中日。不要不急の外出を控えているのか、道は空《す》いている。

およそ三時間。山間部に入り、蛇行する林道を上がっていくと、雲に覆われた空が広くなる。

樹間を見下ろすと、曇天を映して鉛色の湖面がちらちらと見えた。首都圏の水源である奥利根湖だった。

先行する菊池のスマートフォンに、神楽坂の南洲から通話が入った。ハンドルを握ったままハンズフリーにする。

「五位堂の作業ズボンに付着していた泥土は、土壌分析から、奥利根周辺の砂岩混じりのものと分かりました」

「放射線量は？」

「三十一マイクロシーベルト。高線量を測定しました」

菊池は考える目になった。

「五位堂の遺留品だが。出どころのゲストハウスも含めて、精査しなおしてくれ」

「了解です。どうも、おあつらえ向きに過ぎますね」

南洲の口調には、自分もそう思っていましたという含みがあった。

中国大使館経済商務処のチョウ・イーシュアンを尾行してからここに至るまでの成り行きが、あまりにスムーズだった。福島の墓地の時もそうだった。

左納と中国国家安全部の仕掛けたトラップではないか。湖畔で、西新宿の五位堂射殺に対する左納の報復が待っているのではないか。

疑念が生じている。

だが、たとえそうであったにしても、左納が首都圏の水源地に核物質を持ち込んでいるのが本当なら、速やかに対処しなければ。

菊池はアクセルを踏みながら、春の山々に目を配った。

湖畔を巡る道路がアップダウンを繰り返す。

下ったところから一本の細い私道が樹間へ分かれている。私道の分岐点を横目で見て行き過ぎ、路肩の小さな空き地に停まった。

運転席に座ったまま、スマートフォンのマップを確かめる。

分岐点から五十メートル間隔で、飼料会社の倉庫、別荘、湖畔がある。私道は蛇行しているので、見通しは良くないだろう。沿道に監視カメラが設置してあれば、私道に侵入するこちらが不利となる。

後ろに、ワンボックスカーが停まった。助手席から大島が降りて、菊池の運転席のそばに立った。菊池は窓を下ろした。大島は私道の分岐点を振り返った。

「私らが、湖畔まで先に行きましょうか」

放射線測定器や銃火器は大島たちの車に積んである。菊池は言った。

「そうしよう。湖畔側から捜査してくれ。私は、車をここに置いて、徒歩で行く。私道の監視カメラと防犯装置をサーチして、知らせてくれ」

大島が車に戻り、向きを変えて走りだす。菊池はバックミラーで見送ると、自分のFNブローニング・ハイパワーを取り出し、弾倉に銃弾が装填されているのを確かめた。

窓を少し開けているが、大島たちの車が遠ざかる音の他には何も聞こえてこない。山道を走る車も他にはなかった。

十分経《た》った。スマートフォンが震える。大島たちからデータが送られてきた。マップで見ると、私道に三か所、倉庫と別荘には、それぞれ全方位に監視カメラと赤外線防犯装置が設置されている。

警備が厳重過ぎる。ただの倉庫と別荘ではない。

菊池は車を降り、徒歩で私道との分岐点まで戻った。倉庫と別荘は私道の北側に面していて、その周囲は侵入が難しいようだ。菊池は私道の南側の雑木林に踏み込んだ。下生えを踏み、防犯装置を迂回《うかい》して進む。

樹々《きぎ》の向こうに、飼料会社の倉庫が見えた。黒い鉄柵、アスファルトの敷地、コンクリート壁の四角い倉庫、プレハブの事務所。車も人もなく、いまは無人らしい。

林のなかを更に五十メートル前進し、別荘の見える場所にたどり着いた。白い鉄柵が雨風で薄汚れている。広い庭に車はない。芝生は手入れされておらず伸びていて、枯葉が黒い染みのようにあちこちに落ちている。箱型二階建ての建物も、しんと静まっていた。

大島からメールが来た。

「周囲に人影なし。湖畔にモーターボートが係留。」

菊池は、どこから侵入しようかと別荘を観察した。

道路は建物の窓から見えているので近づけない。建物の裏手は林で、ここからは見えないが、湖畔に通じる小道がありそうだった。モーターボートを調べている大島たちと合流しようと考えて、木立ちの間を進んでいった。

雑木林の斜面は少しずつ下っていく。湖面が見えた。鉛のような灰色で凪《な》いでいる。木立ちと下生えの端を波が洗っていた。私道には、車止めもなく、湖の底へ続いていくように水面《みなも》に隠れている。

私道を挟んで北側の水辺には砂利を敷いた空き地がある。ワンボックスカーが停まっていた。貴地野がバックドアを上げて、偵察用の小型ドローンを点検している。放射線測定器を持った大島が、係留してあるモーターボートから引き返してくる。

菊池は道を横切って二人に近づいた。

大島が声を落として言った。

「ボートに反応はありません。別荘の裏手へ小道が続いていますが、そこにも反応はありません。核物質を湖へ運んだ形跡はないですね。どうやら、まだ建物のなかに」

怒りのまなざしを林の奥に投げて、

「都民の水瓶に核物質を沈めようなんて。古い起爆装置が使えないからですかね」

と言った。

「左納は核爆発を計画していた。都心を爆破するのと、放射能で水源地を汚染するのは、別なはずだ」

菊池はそう言った。腑《ふ》に落ちないふうだった。

「核を使ったテロとしては同じでは？」

菊池はうなずかない。大島は言った。

「とにかく、残りの核物質を押さえましょう」

「そうだな。どちらにあるのか」

「倉庫か、別荘か？」

大島の視線が林のなかでさ迷う。

「二択ですね。なんだか、用意された二択問題みたいだな」

菊池は林間に油断のない目をやった。静寂。鳥の鳴く声すらない。

「作業ズボンに泥が付く場所はなさそうだ」

菊池のスマートフォンが震えた。南洲からのメールだった。

「五位堂の作業ズボンのポケットに入っていた書店のレシートは偽造した物です。五位堂の死後に造ってポケットに入れたとみられます」

菊池は険しい顔になった。

「これはトラップだ。撤収する」

5

低い唸《うな》り声のような音がする。

モーター音だった。

二十メートルほど離れた私道の上に、ドローンが静止している。ドローンの下部で、銃口がこちらを向いていた。

菊池は一歩退いた。ドローンの銃口が火を吹いた。乾いた銃声が響き、足元の地面が砕け散る。大島が車の陰へ走った。菊池は、上がったバックドアの下に貴地野を押しやり、FNブローニング・ハイパワーを構えた。三発撃った。ドローンの翼に火花が飛び、くるくると回転して林のなかに落ちた。

大島は車越しに、私道がカーブしている辺りを見た。

「来た道はきっと塞《ふさ》がれてますよ。背水の陣ってやつだ」

菊池は係留してあるモーターボートを目で示した。

「あれを奪って逃げることができる」

大島は振り返って、なるほどという顔になった。

「確かに。あのボート、キィを差しっ放しです。馬鹿にしてやがる」

菊池は言った。

「沖へ走らせてみろ」

大島は水辺をボートへ移動した。菊池は貴地野に言った。

「カメラを外してC4をセットしろ」

貴地野は、後部座席に据えたボックスから、偵察用ドローンに装着する小型プラスチック爆弾C4を取り出した。

菊池は腕をのばして、壁面パネルを開け、狙撃銃を取った。

L96A1。全長約百二十センチ、銃身が約六十六センチ。ボルトアクション式のイギリス軍用狙撃銃だ。

無人のモーターボートが沖へ走りだす。水しぶきが上がり、湖面が波でひび割れる。大島が駆け戻って、ワンボックスカーの運転席に乗った。

林を飛び越えて、大型のドローンが湖上に現れた。沖に出て湖面に円を描きはじめたボートに接近し、急降下する。ボートに激突し、火柱と爆音が上がった。

貴地野は後部シートに乗り込んで内からバックドアを下ろした。菊池は狙撃銃を持って大島の後ろの席に座った。大島は車をバックさせ、私道に出ると、湖を後にして走りだした。

緩やかに蛇行しながら別荘に近づいていく。菊池はサンルーフを開けると、胸から上を出した。銃口をこちらに向けたドローンが二機、頭上を旋回して、降下してきた。

「停まれ」

大島が路上に停車する。菊池はL96A1を構えた。ドローンは前後に連なって襲ってくる。降下しながら銃口が火を吹いた。菊池は引き金を引いた。前を飛ぶドローンが何かにつんのめったように跳ね上がり、後続のドローンに接触する。二機は絡みあい、火花を散らし、菊池の頭をかすめて車の後方に落ちた。

大島は車を進めた。カーブを曲がると、右手に白い柵が見えた。別荘だ。菊池が座席に座ると、大島が訊いた。

「どうしますか」

「建物が見える場所で停まれ」

菊池は、ドローンの用意をする貴地野を振り返った。貴地野はうなずいた。菊池はウィンドウを下ろした。

「建物の窓を開ける。そこからドローンを入れて室内で爆破させろ」

大島が白い鉄柵の前で車を停めた。菊池は狙撃銃を固定し、建物の一階の窓を狙って撃った。当たったがガラスは割れない。続けて二発撃った。衝撃でガラスは少し曇ったが、ひびも入らなかった。強度の高い防弾ガラスを嵌《は》めている。菊池は言った。

「あの建物は無人だ」

大島は別荘を見渡した。

「巨大な鼠《ねずみ》捕りですか。ここにはトラップばかりだな」

菊池は狙撃銃を膝に置いて銃弾を装塡した。

「こちらを監視してドローンを操作する人間がいるはずだ。おそらく倉庫の屋上だろう。倉庫前の路上に停めろ。けりをつける」

菊池は銃身を軽く叩《たた》いた。大島は顔をしかめた。

「あっちは部隊を投入してるかもしれません」

菊池は貴地野に向いた。

「ドローンを倉庫の後方から接近させて、屋上で爆破しろ」

貴地野は緊張した顔でうなずいた。

大島は車を出した。道は緩やかにカーブしていく。木立ちが途切れ、黒い鉄柵が現れた。貴地野は、バックドアを開け、ドローンを路上へ飛ばすと、リモコンを操作して林の上へ上昇させる。

バックドアが閉まると、車は、倉庫の敷地の前で停まった。

銃声が響き、側面のウィンドウが砕け散った。

倉庫の屋上に狙撃銃の銃身が見える。

菊池は応射した。銃声と衝撃。車のボディが震え、タイヤが破裂する。大島は体を倒して助手席へ移動した。貴地野の操縦するドローンが林の上で半円を描いて飛び、倉庫へ急降下する。

屋上の上空で、火球が膨張し、炸裂《さくれつ》した。

大きな衝撃波に、車体が弾み、林のなかへ飛ばされて横倒しになった。熱風と黒煙に包まれ、視界は塞がれた。

菊池はドアを開けて車外に出た。C4爆弾の威力が強過ぎた。周りの木は途中から折れ裂かれ、なぎ倒されている。

「大丈夫か」

はい、と声がして、大島と貴地野が這《は》うようにして寄ってくる。煙が風に流れて切れると、倉庫は上半分が無くなり、焼け焦げた王冠のように外壁が残っている。核物質があったとしても回収はできそうにない。菊池は言った。

「私の車へ」

大島は、横倒しになった車のバックドアを開け、後部パネルから手榴弾《しゅりゅうだん》を取り出した。貴地野が手で給油口を開けると、キャップを外して、車から離れる。大島は手榴弾を車に投げた。車は爆発し、炎上した。

菊池のセダンまで戻った。貴地野が地面に寝転がり、頭を車体の下に入れた。

「仕掛けてあります」

爆発物だった。

「エンジンを掛けて通電するとドカンといくタイプです」

菊池は運転席のドアを静かに開けた。キィは差し込まずに、ブレーキ系統を外し、車を押してハンドルを回した。大島と貴地野も車体を押した。車は道路に出て、下り坂を無人で走りだす。菊池は並走してハンドルを操作し、車が私道の分岐点で林に突っ込むようにした。三人は反対側の山林に駆け込んだ。車は私道を少し入ったところで雑木林の木に激突した。大きな火柱が上がり、林が燃えはじめた。

菊池は山林の斜面を先導して上っていく。

スマートフォンで副総監の樽下に連絡した。状況を説明し、処理班の出動を要請すると、大島と貴地野を振り返った。

「ヘリコプターで拾ってくれる。消防と警察をやり過ごして、ヘリとの合流地点まで山中を移動する」

大島は燃え広がる山火事の煙を振り仰いだ。

「やつら、湖畔まで誘い込んでおいて、どうして我々を殺さなかったんです？　ドローンと狙撃兵だけだった」

菊池は煙が空に昇って薄れるのを見やる。

「殲滅《せんめつ》するつもりだったんだろうが。主力は来ていなかった」

貴地野が、スマートフォンを操作して、不安そうに言った。

「神楽坂が出ません」

菊池と大島も自分のスマートフォンで神楽坂を呼んだが、南洲からの応答はない。

大島は、信じられないという顔でつぶやいた。

「狙いは神楽坂だったか」

ヘリコプターの翼音がする。

菊池は天を仰いで方角を確かめると、黙々と樹間の斜面を上っていった。

6

ヘリコプターは警視庁のはやぶさ三号と同型の小型機だった。機体に新聞社のロゴが入っている。初めて見る顔のパイロットが操縦し、隣りに処理班の建部《たてべ》が乗っていた。菊池たちが後部席に乗り込むと急上昇する。山の稜線《りょうせん》の向こうに黒煙が昇っている。菊池が言った。

「現場を上から見られないか」

「周辺に規制を敷きましたから。マスコミのヘリは近づけません」

建部は渋い顔で振り向く。

「飼料倉庫の失火ということで収めますが。車両の始末が面倒だ。銃火器と爆薬を残してきたでしょう」

大島は、にっと頬《ほお》を歪《ゆが》めた。

「銃の識別番号が偽なのがよけいに面倒だな」

ヘリコプターは旋回して奥利根を離れた。

山の上を東へ飛び、日光から茨城に入る。

山間部を選んで南下し、霞ヶ浦から太平洋上に出て、海岸沿いにふたたび南下する。

房総半島を横断して川崎へ向かった。

機上から連絡しても、神楽坂の南洲は応答しなかった。

菊池は、警視庁の安行に通話を入れた。

「倉庫と別荘は封鎖しました。地元の消防と警察も帰して、処理班で調べているけど」

安行はひと呼吸置いて、

「核物質は見つからないわ。そちらの測定結果は？」

「出なかった」

恵比寿のゲストハウスに五位堂が泊まって、要らない衣類を捨てていったのを、左納たちが後からトラップに利用したということだ。中国大使館商務処のチョウ・イーシュアンも、ゲストハウスの浅井典子も、ダミーだった。本人たちも知らない間に利用されたのだろう。いったいどこからが左納のトラップだったのか。船橋の徐福商行、奥利根湖畔の飼料会社倉庫と別荘。初めからすべてがトラップか。

菊池は安行に言った。

「神楽坂と連絡が取れない」

「南洲さんと？　こちらから連絡してみます」

通話は切れた。大島も貴地野も不安な顔色を強くした。

東京湾アクアラインに並行して飛び、羽田空港の片隅に着地した。降りようとした時に菊池のスマートフォンが震えた。副総監の樽下からだった。

「南洲にはこちらからも連絡が取れない。神楽坂に火災が発生して消防が出動した」

「南洲の安否は？」

「不明だ。君らは神楽坂に近づかないように。今後の連絡の窓口は私だ」

菊池は、発着場に降りて、ヘリコプターを離れた。大島、貴地野、建部が続いた。

「神楽坂が襲撃されたようだ」

菊池が告げると三人は有り得ない話を聞かされたというふうに重い空気で押し黙った。

Ｆの存在は閣僚や高級官僚にさえ知らされない。知らないまま在任期間を終える首相までいる。国内のどこかの組織が菊池たちを離れた場所に誘導してその隙に本部を襲うなど有り得ない。菊池は言った。

「警視監が、神楽坂に近づかないようにと。これからは、各自単独で危険回避に努める。連絡は警視監を通しておこなう」

建部に言った。

「処理班には神楽坂のことで連絡が来るだろう」

「奥利根で手一杯ですが。任せてください。皆さんご無事で」

菊池は背を向けて歩きだす。大島があとを追った。

「これからどこへ行くんですか。神楽坂へようすを見にいくんでしょう？」

菊池は足を停めた。

「南洲が心配です。一緒に行かせてください」

菊池は首を横に振った。

「警視監の指示に従え」

「しかし、南洲は……」

「その情が、トラップに掛かった原因かもしれん」

大島は、はっとなり、表情が強張《こわば》った。浅井典子と男の子が気になって尾行したことからこんな展開になったと、菊池が指摘したように聞こえたのだった。菊池は冷徹な視線を大島に向けている。

「私が神楽坂へ行くのは、課長としての状況見分だ。南洲のことは私に任せろ」

7

軽子坂を上がっていくと、菊池は、人けのない坂道から、オフィスビルの隙間の道に折れ、路地から路地へ歩いた。

微風に異臭が混じっている。物の焼け焦げた臭いだった。

ヘルメットを被《かぶ》った消防署員たちが歩いていた。記録用のデジタルカメラを持っている。消火活動は終えて、実況見分をしているのだろう。

路地を下る石段の前に、黄色と黒のテープを張りめぐらせて立ち入りを禁止していた。路地奥の、古美術「月照」があった場所に、黒く焼け落ちた建物の残骸が見えた。白い煙が流れ、消防署員が集まって話している。

菊池は「月照」へは近づかず、別の路地を抜けて神楽坂へ出た。

坂道の商店は火事の余波もなく静まっている。

神楽坂を横切り、路地を進んで、四階建ての古い小さなアパートに入っていった。

一階の薄暗い通路を奥まで行くと、一室の丸いドアノブを押して、左右に回した。ドアノブ自体がダイヤル錠のように暗号化されているのだった。

六畳の板の間に、シングルベッドが置かれ、カーテンを閉めた隙間から鈍い光が射し込んでいた。

菊池は無人の室内を見渡し、コンクリートの土間の壁面にある引き戸を開けた。配電設備盤を横へずらすと、闇が現れた。電灯を点《つ》ける。狭い急な石段が地下へ続いている。本部から地下道を通っての脱出口だった。焼け焦げた臭いが上がってきて鼻を衝《つ》く。菊池は石段を下りていった。

石段の底から、暗いトンネルが延びている。

灯りの届くところに、南洲が倒れていた。こちらに頭を向け、仰向《あおむ》けになって、片手を腹に置いている。菊池は膝をついて覗き込んだ。胸が上下に動いていた。

「南洲、大丈夫か」

南洲は、目を閉じたまま、息を吐いた。

「動けるか？」

「ああ、大丈夫です」

声は弱い。片手を上げて、壁を押さえ、体を動かそうとする。菊池は南洲の脇に手を入れ、上半身を助け起こした。南洲は深呼吸を繰り返した。

「ここはどこですか」

「アパートの下だ」

南洲を助けて石段を上がった。

室内に入れ、ベッドに寝かせる。南洲はカーテンを閉めた窓に顔を向けて目をしばたたいた。

「いま何時ですか」

「十五時半だ」

自分がどれぐらい意識を失っていたのか考えているようだった。菊池がコップに水を入れてくるとベッドの上に座り、壁にもたれかかってゆっくりと飲んだ。煤《すす》と埃《ほこり》にまみれている。怪我《けが》はなさそうだった。ふう、と息を吐く。

「急襲されました。月照の隠し戸が破壊されたんです。脱出口を閉める時に、爆風を受けて。後のことは覚えていません」

「侵入者は？」

首を横に振ってうなだれる。

菊池は、クローゼット内の装備品からペンライトを出し、自分のＦＮブローニング・ハイパワーに装弾した。南洲に訊いた。

「スマホは？」

南洲は胸ポケットに手をやった。

「あります」

「今後は単独で危険回避だ。連絡は樽下警視監を通す。無事を報告して、病院へ行け」

「課長は？」

「本部のようすを見分してから、単独で危険回避に入る」

「すみません」

「早く報告しておけ。皆が心配している」

菊池は脱出口に戻り、引き戸と配電盤を閉めた。

石段を下り、石組みの古いトンネルをたどった。

焼け焦げた臭いと熱気が濃くなっていく。

本部に入る鉄の扉は閉まっていた。南洲は爆風を浴びたと言ったが、その風圧が扉を閉めたのだろう。扉に触れると、余熱を孕《はら》んでいる。体重を掛けて押し開けた。熱風がトンネルになだれ込み、息が詰まった。

ペンライトの光で内部を照らした。床に機器類の残骸が飛び散っている。燃えたのではなく、侵入者が撤収時に爆破し破壊したのだ。酸素が欠乏しているわけではない。菊池は残骸を踏んで破壊の跡を見てまわった。

すべてが瓦礫《がれき》と化していた。機器類は修復不可能。平卓も木片になって散っている。情報機器を破壊する前にデータを盗んだのかは知りようがない。

菊池は大金庫のような厚い扉の前に立った。床の残骸を退けて、扉に触れると、解錠されている。扉を開けて、内にペンライトの光を向ける。

台上には何もない。スーツケース型核爆弾を入れた鉛の棺は、消えていた。

8

夕闇の蒼黒《そうこく》が警視庁を包んでいる。

警視総監の大山幾太郎《いくたろう》は、副総監の執務室を訪れていた。

大山は、四角張った顔に、濃い眉毛、大造りな目鼻立ち、がっしりとした二重顎《あご》。恰幅《かっぷく》が良く、肖像画に描かれた明治時代の元帥という雰囲気がある。テーブルを挟んで樽下と向き合い、ソファに沈み込むように座っている。深刻な顔だった。

「Fが攻撃されたことは過去にありましたか」

樽下の問いに、大山は即座に首を横に振る。

「創設以来初めてだ。終戦直後に一時Fが途絶えた時期はあったが、その頃も、本部に侵入されたりはしなかった」

F。ファントム課は、明治七年、警視庁の設立とほぼ同時期に、初代警視総監の川路利良《かわじとしよし》と陸軍中将西郷従道《じゅうどう》によって特命部隊「菊池隊」として組織化された。政変で下野した西郷隆盛の残した密命によってだった。太平洋戦争終戦直後の米軍占領下で一時的に途絶し、その後、「菊池照臣《てるおみ》」の手で「F課」として再生した。「菊池照臣」は西郷翁の遺志を継ぐ有志たちの匿名だった。

Fは超法規的手段で特命事案を処理している。国家そのものを守っており、一政権の走狗《そうく》となることはない。首相をはじめ閣僚や官僚も存在を知らないはずだが、今回は神楽坂の本部指令室や課員たちの情報が襲撃者側に漏れている。創設以来こんなことはなかった。大山の受けた衝撃は大きかった。課員が無事だと聞いて安堵《あんど》はしたが、憂いの色はぬぐいきれない。

「Fを立て直すことはできるか」

日頃の豪放な人柄に似合わない弱気な問いがこぼれた。

樽下はうなずいた。瞳に憤りと反撃の意志が宿っている。

「早急に立て直して、襲撃者の目的を阻止しませんと。この国の平和が他国に蹂躙《じゅうりん》されます」

「襲撃者の正体と目的は？」

「実動部隊のリーダーは左納澄義ですが、背後関係と目的は不明です。Fの情報が漏れたルートも」

「洗い出して、全てを殲滅しなければ」

大山は視線を上げて虚空を見る。内心では、Fが国家の守護者である時代は終わったのかという気がする。

警視庁の上位に警察庁が君臨し、近頃は内閣情報調査室などという現政権維持の装置が俗悪な権力をふるっている。不可侵であったFの情報はどこからでも漏れ出る可能性があるのだ。西郷翁の創った特命隊は、かつての新撰組《しんせんぐみ》のように、時代に追い越され、時代に葬られる定めなのだろうか。そんな危惧《きぐ》が湧いてくる。

「情報の漏れたルートですが」

樽下が声を落とした。

「警察庁の上層部は、Fの存在を知っているのでしょうか」

大山はまた首を振った。

「Fに関しての記録はない。予算も経費も、他の部署に溶け込ませてある。どのデータからも浮かんでこない」

データ至上主義者たちの集まりである警察庁では、Ｆの影を感じることさえできないというのだ。データで世界を理解し、データを基に思考する行政のエリート役人たちを、大山は内心で馬鹿にしている。Ｆは、現場で事案に直接向き合う者たちが、数値化できない志や想《おも》いで維持していくものなのだ。

樽下は言った。

「そうなると、この警視庁内で、Ｆに気づいた者が、モグラとなっている可能性があります」

「そうだな。警察庁の人事も、ここと交流があるから、ここの人物があっちにいる間にモグラに養成されたかもしれん」

「内調とも人事交流がありますし。そこから政権側へ漏れているとも考えられます」

警視庁から各省庁への出向、出戻りは数多い。この数年間に限っても、警部級以上の人物たちの信用度を精査するのには時間が掛かる。人事記録を閲覧すれば、かえって閲覧履歴からこちらの動きを読まれてしまうだろう。それでも、敵を知る手掛かりは、そこからしか得られないようだった。

「私が閲覧申請をする。それを使ってくれ」

大山がソファの肘《ひじ》掛《か》けをつかみ腰を上げる。

「すぐに取り掛かろう」

「はい」

樽下は一緒に立ち上がった。

9

警察庁は警視庁と隣り合う庁舎に入っている。

警察庁長官の葛野は、長官執務室のソファに座り、警視庁公安部警部補の小此木から報告を受けていた。

葛野は、小柄で、鼠を思わせる風貌だった。丁寧に剃《そ》っているが髭《ひげ》が濃い。黒目の大きい瞳に尊大な光を湛《たた》えている。

小此木は、濃紺の背広に、青地に金のストライプが入ったネクタイ。普段は険のある目つきを、いまは物欲しそうな媚《こび》を含んだ色の瞳に変えている。葛野の子飼いの情報屋で、これまで警視庁内のようすを逐一伝えてきた。

品川道場を訪れた男が大森海岸のマンションで人を刺殺し、転落死した事案が、どこからかの力で、捜査を抑制され封印された。そこに奇妙な男たちの影がちらついていたが、その影の正体を隠蔽《いんぺい》する動きが警視庁内に感じられた。

警視庁には隠密《おんみつ》部隊のような特捜チームが存在するのではないか。小此木はそう考えて探りを入れてきた。そんなチームが存在するという都市伝説みたいな噂《うわさ》は聞いたことがあるが、データも文書もない。マンションの転落死から続く一連の見えにくい筋道を精査し、断片をつなぎ合わせてパズルを埋めていくしかなかった。

そうこうしているうちに、西新宿六角堂の射殺事件が発生し、うやむやのまま封印された。小此木は秘密裡《り》に映像データを洗い、現場にいたらしい黒いロングコートの男が神楽坂に移動したことや、副総監の樽下が神楽坂に立ち寄っていることを突き止めた。この件は、葛野が興味を示すので、何かわかるたびに報告していた。

小此木は、奥利根で今日の昼に何らかのグループ間の衝突があったらしいという噂を聞いた。調べようとしたが、ガードが固く、情報には近づけなかった。ただの倉庫火事で、衝突は単なる噂に過ぎないのかもしれないが、報告しておくほうがよいと思ったのだった。

「県警を抑えることはできても、消防まで抑えこめるでしょうか。例の影どもは、警視庁内だけのチームでないのかもしれません」

小此木の賢《さか》しらげな推測を、葛野は聞き流して、侮った目を向けた。小此木は歓心を買おうというのか、

「消防庁にコネクションがあります。そちらの情報も取りましょうか」

と訊いた。

「やめとけ。襖《ふすま》の陰から手が出てしまうぞ」

葛野はつまらなさそうに言う。

「どういう意味でしょうか?」

「探る手を広げ過ぎると、こちらの存在のほうが向こうに知られてしまう。耳に入ってくることを整理するだけにしておけ」

小此木は葛野の顔をうかがった。

「それほどの、恐れなければならない組織だということでしょうか」

「恐れるに足りんよ」

葛野は気分を損ねたふうに眉を寄せる。小此木が目を伏せると、葛野は思い出したように笑いを浮かべた。残忍な笑みだった。

「神楽坂で火事があった」

「今日ですか」

「今日の昼だ」

「影どもの、棲《す》み家が?」

小此木はそう言って、黙った。葛野は情報を他からも得ているのだ。小此木の知らないことを知っている。今日の昼、奥利根で何かが起きた頃、神楽坂で黒いロングコートの男の拠点が燃えた。

襲われたのか。そうなのだろう。葛野はそれをどこからか知らされたのだ。

神楽坂を襲った勢力があって、葛野もその勢力に連なっているのかもしれない。望まれてもいない捜査をしてその勢力の邪魔になることは、してはいけないのだ。公安の警部補ごときが功名に走れば、目障りだと潰《つぶ》される。

「それでは、慎重に動くことにします」

「動かなくてもいい」

「はい」

「危ない真似《まね》はするな」

「はい」

「ところで、大山の動きは?」

警視総監の動向まで警部補にはうかがい得ないのに、そんなことを訊く。つまり自分の身の周りに耳を澄ませておくだけにしろと念を押しているのだ。

「わかりません」

葛野は、それでいいのだというふうにうなずき、

「大山は木偶《でく》の坊だ。自分の足元で何が起きているか知らんのだ」

吐き捨てるように言った。

「仕切っているのは、やはり樽下か」

小此木が答えられないで黙っていると、もう下がっていいぞ、と目で知らせた。小此木は面接試験の場から退室する学生みたいに丁寧に頭を下げて出ていった。

葛野はソファで見送り、自分のスマートフォンを出した。東日本大震災復興担当大臣の久保城に通話を入れた。

「先生、お忙しいところ恐れ入ります。今よろしいですか」

今度は葛野が媚びた色を目に浮かべている。

「Fを統括しているのは副総監の樽下だと見てよろしいかと。警視総監は知らないようで。はい、ひきつづき監視します」

通話はそれだけで久保城に切られた。

葛野は緊張の解けた溜め息を吐いた。自分の属している派閥の首領がこの情報を更にどこへ伝えるかは知らない。警察庁長官の自分にも全容は教えてはもらえない。葛野は、久保城にとっての自分の存在価値を心得ている。久保城がどことつながっていようが関心はなかった。最上層の世界の有り様は、どのみち知りようがないのだ。そんなことより、警察庁長官の次に自分がどのポストを与えられるか。葛野が知りたいのはその一点だった。

F。誰の飼い犬か。得体の知れない集団に近づくつもりはない。

10

夜の八時。

元麻布の中国大使館に女が入っていく。小柄な女で、カーキ色の春物のコート、肩に赤いバッグを掛けて、黒いマスクを着けている。近くの商務処にデスクを持つチョウ・イーシュアンだった。

人のいない二階通路を進み、部署名がなく部屋番号のプレートしか掲示されていないドアをノックする。

どうぞ、と男の声があり、チョウは勝手を知ったようすで入って、執務机の前で直立した。

閉めきったカーテンを背にして、背広姿の男がチョウを見つめている。三十歳前後。マスクの上の冷徹な瞳に、自己顕示欲と支配欲求とが見え隠れしている。若い世代のエリート。能力の高い出世亡者。わかりやすいタイプだ。現場の人間を叱責することが仕事だと思っている。それで、わたしを呼んだか。チョウは、自分よりひと回り年下の監督官の前で直立不動の姿勢を取った。

部屋の隅に、パイプ椅子を置いて五十代半ばの男が座っている。半白髪の目つきの鋭い男で、黙ってチョウを観察している。チョウはその男に気づくと、緊張で頬が強張ったが、平静を装って執務机の若い男に対した。

若い男は引き出しから数枚のA4紙を出して机上に広げた。

防犯カメラの画像を拡大したもので、どれも一人の人物をとらえていた。

写っているのは、東洋系の男で、三十代。髪を刈り上げ、目に抜け目のない光を宿している。街で見かける自称アスリートか格闘技系の半グレかといった雰囲気だった。

チョウの目には、軍の特殊部隊隊員とも映る。男がいるのは、大阪の中国総領事館の路上。この大使館近くのマンション前。船橋の徐福商行が入っていたビル近くの夜の路上。チョウが知っている場所ばかりだ。

写真の顔を見つめて記憶を探っていると、若い男が言った。

「この人物を知っているか」

チョウはきっぱりと言った。

「知りません」

若い男はチョウの表情の変化を観察している。無表情で通した。表情を消すことはチョウのような職務に就く者の基本技術だった。

「誰なんですか？　これは」

「徐福商行を襲ったやつだ」

チョウはあらためて写真に目を落とす。表情を消す必要はなかった。怒りの色が浮かぶ。

徐福商行の殺された店主は国家公安部協力者の古株だった。日本社会に根付いて、広く深い情報網を構築していた。チョウは指導的立場で北京《ペキン》から赴任してきたが、父親のような年回りの店主から教えられ、助けられることも多かった。現地での師匠だと思い、敬愛していた。写真のこの男が、店主を撃ち、徐福商行に火をつけたのだ。

「身元はわかっているのですか？」

「君が知っているのではないかね」

「え？」

チョウは、大使館近くの西麻布ステートマンションの前で犯人が写っている写真に目をやった。たまたま歩いていたというのではない。玄関に歩み寄り、これから住民の誰かを訪ねようとしているふうに見える。マンションには四人の中国人が入居している。その誰かを訪ねたのだろうか。入居者のなかにはチョウの知人もいて、チョウは時々遊びに訪れる。

「見たことのない男です」

もう一度きっぱりと言い切った。部屋の片隅から厳しい視線が刺さるのを感じるが、心を強くして、かろうじてそれに耐えた。

若い男は言った。

「この人物の正体は不明だ」

「我々の同胞、同志ではないということですね」

若い男は、ふむ、と曖昧《あいまい》に答えを呑《の》み込む。言葉通りに、不明、なのだ。チョウは、それなら、と聡明《そうめい》な瞳になった。

「同胞なら不明とはなりません。つまり敵対勢力の人物です。そこに絞って調べれば、素性を突きとめるのは難しくありません」

「なるほど」

「これらの画像は、我々を陥れるためのフェイクです」

我々を、ではなく、私を、だ。チョウはそう思った。知らない間に何らかの謀略に巻き込まれているのではないか。謀略があるとすれば、自分みたいな小物スパイを陥れるための計画ではない。この国でもっと大きな何らかの計画が発動されていて、そのなかのピースの一片として、たまたま自分は捨て駒の一つに利用されたのだ。そう感じた。徐福商行も。師匠の店主も。

目に怒りの色が濃く宿る。

「私にやらせてください」

若い男をまっすぐに見た。

「この人物を突きとめて、報復します。協力者が殺され、情報網を潰されたままでは、我が党の面目が立ちません」

　若い男は静かな目で見返してくるだけだった。基本技術の無表情を使っているのだろうか。

　チョウは内心で怯えた。自分は信じてもらえずに処分されてしまうのか。この部屋から無事に出ていくことはできないのか。

　部屋の隅から男のかすれ気味の声がした。

「徐福商行が過去に扱った密輸入品だが」

　チョウは男を見た。初老の男は、パイプ椅子に座って、チョウが入ってきた時からまったく身動きをしていない。国家公安部の上級幹部で、アジア全体を仕切っているという。日本にはめったに姿を見せない男だ。新型コロナウイルスで中国との往来が閉ざされているのに、いつ、どうやって入国したのだろう。マスクを着けず、全身が硬直したように背筋を伸ばし肩を張っている。精緻なダミー人形にも見えて不気味だった。男の口はほとんど動かないのに、抑揚のない言葉だけが流れ出る。

「徐福商行の裏帳簿の記載に、起爆装置があった。小型の戦略核兵器用の。今年に入ってからだ」

「裏帳簿は見ました。船橋の店留めで。買い主は不明です。仲介業者を幾つか通して」

「どこへ売られていったのか、たどってみる必要がある」

「はい」

男の肩がわずかに上下した。

「九年前、小型戦略核兵器を密輸する話にも、徐福商行が絡んでいた。この国のカルト教団が買おうとしていた。旧式のソ連型だった。東日本の震災で、行方不明になったが」

男はもっと知っていそうだったが、言葉を切った。唐突にそんな情報を小出しにしたのは、報復を誓うチョウを見て、手助けする気になったのかもしれなかった。チャンスを与えられたのだ。チョウは、

「ありがとうございます」

と頭を下げた。男の恩情に感謝するように。

いや、最初から自分をこの任務へ駆り立てるつもりで、ここへ呼んだのだろう。そうとわかっても、ほっとしている。敵に通じていると断じられ処分されるよりずっとマシなのだから。無事にここから歩いて出ていけるのだから。

若い男が言った。

「今日の昼、奥利根の我々の拠点が襲われた」

チョウはそちらに向き直った。

「飼料倉庫と、ユー・カイドンの別荘だ。飼料倉庫のほうはC4爆弾で吹き飛ばされた」

「この人物が？」

「襲ったのは、Fらしい」

チョウの瞳に恐れが浮かぶ。技術では抑えられない感情だった。

「Fが？　なぜ？　我々は現在この国に敵対行動を取っていませんが」

若い男も困惑した色を浮かべる。

「何者かが、Fと争っている。我々の拠点に偽装してFにトラップを仕掛けたようだ」

「偽装とは？」

「中国国家公安部のフリをして、フェイクの情報を撒《ま》き、Fの捜査を攪乱《かくらん》しているようだ。倉庫は侵入され、Fへの攻撃に使われた」

チョウは顔をしかめた。何者かが我々をコケにしているのだ。

「いろいろと借りを返さなければいけませんね」

11

隼人は意識を取り戻した。

「気がつきましたか」

女が覗き込む。フェイスシールドにマスクに防護衣。重装備の看護師らしい。

「お名前をおっしゃってください」

「宮守……隼人」

うなずいて目が優しく笑いかけてくる。

「二日間、意識をなくしていたんですよ。今日は日曜日。朝の九時です」

看護師は、ベッド周りの器機の数値を確かめ、姿を消した。

ここは？　病院の集中治療室にいるのか。

天井の白色灯を眺め、何があったのか思い出そうとしていると、

「隼人」

ベッドの脇で女の声がする。隼人は目だけ動かして、機器類の傍《かたわ》らに球体のスピーカーを見た。

「わたしは通路にいるのよ」

小絵の声だ。隼人は治療室の大きな窓に目を移す。ガラス越しに、小絵が立っているのが見える。

「姉さん、来てたのか」

自分があれだけ誘っても照浜を離れなかったくせに東京へ来ている、いま頃になって。隼人は拗《す》ねた気分になり、いや、ここは仙台だったっけ、と混乱した。記憶があいまいだった。

「ここはどこ？」

「高円寺総合病院。隼人のアパートの近くよ。隼人、痛む？」

「痛むって、どこが？」

「どこか。どこでも」

「何だよそれ」

会話が嚙《か》み合わない。自分は事故に遭って病院に運ばれた。連絡を受けたから、姉は仙台からここへ駆けつけたのだ。ようやく思考のピントが合ってきた。

「姉さんごめん。仕事休んで来てくれたんだ。こんな時期に」

小絵は、いいのよとマスクの下でつぶやいたようだった。

体を起こそうとして、視点が小絵に定まらなくなり、視界がぐるぐる回りだした。

「隼人？　大丈夫？」

天井の白色灯がぼやけて、気が遠くなっていく。小絵が看護師を呼ぶ声が小さくなり消えていく。別な女の声がする。お名前をおっしゃってください。お名前を。あなたのお名前は？

お名前は？

隼人はどこか固いところに横たわっている。何度も名前を訊かれるので、その度に、宮守です、宮守です、と繰り返す。

宮守隼人です。

自分の名前を唱えることで意識を失わないでいられると思い一所懸命に繰り返した。やがて、ふわりと体が持ち上がり、自分が運ばれていく感覚があった。寒かった。全身が濡《ぬ》れている。床が振動する。車で運ばれていくようだ。不安になる。視界が切り替わる。広い屋内に、人がぎっしりといる。座ったり横になったりしている。中学校の体育館だ。汗の臭《にお》いだか、衣類の生乾き臭だか、何か湿っぽい臭いが充満している。こんなに人がいるのに、誰も喋《しゃべ》らない。静かな場所だった。隼人は膝を抱えて座り小さくなる。そばで胡坐《あぐら》をかいて座る男が、中学生位の少女に向かって真顔で、ママは他所《よそ》の避難所で怪我してるだろうから捜してやらないと、とささやいた。少女は、寒いし風邪ひかないといいね、と心配顔だ。隼人の心には、父母を心配する気持ちはない。心配する必要はないと理解している。心配が無い代わりに、頭がどうにかなりそうな激しい怒りが沸騰している。虚無の深淵を覗き込むような、怯え、悲しみ。そんな感情が、生乾きの衣類を詰め込んだゴミ袋のように心に詰まって、思考を停めている。視界が闇に沈んだ。

闇に薄明かりがにじむ。人影が立っている。背の高い、ロングコートを着た細身のシルエットだ。中折れ帽子を目深《まぶか》に被り、顔の輪郭は鋭利なナイフを思わせる。

「協力を求めに来た」

抑揚のない暗い声。

「何をつかんだ？」

隼人は影法師の男に敵意を感じていない。左納に覚える憎悪や怒りは感じない。かといって、男の要求に応じようとも思わない。闇に浮かぶこの影は、おそらく左納の敵だ。正義を執行しているのだろうか。敵意を感じないのは、いつだったか自分が男に助けられたからだ。いつ、どこでだったかは思い出せないが。

「何をつかんだ？」

男の声が耳に刺さる。隼人は訊き返す。

「あんたは何者だ？」

影は応えない。

「何者だ」

目を見開く。

天井の白色灯がまぶしい。

「宮守さん、大丈夫ですか？」

最初にいた看護師が覗き込んでいる。隼人は、ぐったりと全身の力が抜けている。

男が現れて視界を塞ぐ。看護師と同じ重装備だ。医師なのだろう。片手で隼人の頭を固定して、フェイスシールドに覆われた顔を近づけ、隼人の瞳を観察する。

「脳震盪《のうしんとう》の後遺症じゃないかな」

隼人は、自分の部屋が爆発して、吹き飛ばされたことを思い出した。

ガスコンロに仕掛けたトラップ。その時の出来事がよみがえり、その日、自室に帰るまでどこで何をしていたかの記憶が全て戻った。

医師が退いて、ガラス越しの小絵が見えた。

「姉さん、ぼくの部屋は？」

「ガス漏れ事故で。全焼したわ」

バイクだけは無事ということか。隼人は苦笑した。こめかみが引きつるように痛む。

「寝る場所がなくなっちゃった」

「しばらくわたしのところにいるといいわ」

「仙台から通勤できないよ」

小絵の目が笑った。困ったような微笑だった。

「この近くに部屋を借りることにしたの」

「仙台の仕事は？」

「辞める」

「どうやって食べていくんだよ？」

「境先生が相談に乗ってくださってね。東京の、久保城先生の事務所で働かせていただけそうなの。雑用係だけどね」

「姉さん、それは」

駄目だ。真顔で首を振ろうとして首筋が攣《つ》ったように痛む。

「隼人がずっと誘ってくれるし。復興住宅にいつまでも居られないし。いい機会なのかもしれない」

小絵は迷いを吹っ切るふうに言う。隼人が病院に運ばれたから決めたわけではないらしい。義兄の祟が以前から東京へ出たがっていた。小絵は、このままだと仙台に一人で取り残されると不安になっていたのだ。

姉さん、駄目だ、それは。隼人は叫びだしそうになり、胸が詰まった。境や久保城が危険なやつらだと、どう言って姉に理解させればいいのか。

医師が、

「話は、もう少し回復してから」

と遮った。

「安心して休みなさい」

小絵は小さく手を振って去っていった。

12

隼人はその日の午前中に三階の入院病棟へ移った。

ベッドが四床ある部屋の、窓側に寝かされた。

テナントビルの列とポプラの街路樹が見える。

通路側のベッドに白髪の老人が眠っていて、あとの二床は空いていた。仕事に戻りたいので退院させてくださいと訴えると、医師は、二日半も意識がなかったのだから脳に損傷のある可能性がある、精査してみなければ、と告げた。意識のなかった間にもあちこち調べていたらしいが、まだ調べ足りないようすだった。

医師と看護師が出ていくと、隼人は無事だったスマートフォンで自分のクラウドを確かめた。

ロングコートの男が言っていた通りで、デイ・エイクマン邸周辺やエイクマンのオフィスを写した動画、画像は全て消えていた。左納のチームがしたことだろう。個人の裏クラウドにまで侵入するとは、いったいどういう組織なのか。

暗然とした面持《おもも》ちで街路樹に目を向けた。

ドアが開いて靴音が入ってきた。

「宮守、どうだ？」

隼人の所属する第十一係の係長だった。いつもの背広姿だが、医療従事者がするマスクを着け、手には使い捨てのビニール手袋を嵌《は》めている。

「院内感染対策で入れてもらえんのを、職権濫用して無理に上がってきたんだ」

これ、と言って缶コーヒーを枕元の卓に置き、パイプ製の丸椅子を引き寄せて腰を下ろした。

「えらい目に遭ったな」

隼人は寝たまま言った。

「申し訳ありません」

「消防署の検証では、ガスコンロの栓の閉め忘れだそうだ」

「ガス漏れストッパーが付いていたんですが」

「そうだよな。いまどきの事故とも思えん。まあ、しかし、誰にでもミスはある。法定の警報器も付けていたというし、他の部屋で死傷者も出ていないし。消防法違反で起訴されるようなことは無さそうだ」

もしも告発、起訴となれば、公務員の資格を失《な》くすので、警察官を免職となる。そのぎりぎりのところに、おまえはいるのだぞ。係長はそう釘《くぎ》を刺しているのだ。

「ご迷惑をお掛けします」

隼人は頭を下げたが寝ているのでうなずくかっこうになった。係長は立ち上がって室内を見まわし、同室の老人がいびきをかいて眠っているのを確かめる。丸椅子に座り、隼人に顔を寄せた。

「それで、宮守は、何を調べていた？」

事務的な口調だが目に不審の色がある。

隼人は天井に視線を向けて思い出すふりをした。係長は警視庁でどこか上の階に呼び出されていたはずだ。大森海岸の事案からは公安部は引き揚げると隼人に告げた。隼人は、副総監から直々《じきじき》に、しばらく控えてくれと申し渡された。その後もひきつづき左納を追ったり、玉乃井の携帯電話の電波の発信元を調べたりした。そのうえ玉乃井を追って仙台へ行っていましたなどとは言えない。

係長は言った。

「品川の観察所には行ってないじゃないか」

「はい、それは」

話そうとして喉《のど》に痰《たん》がからまって咳《せ》き込んだ。係長は治まるのを待っている。

「それは、ですね、『火天の誓い』の資金源を調べて、周辺捜査をしていました」

「何かわかったのか」

「捜査の途中で」

「資料は焼けたか」

「はい、いいえ、まだ作成していませんでしたから。退院し次第、詳細を報告します」

苦しい息を抑えて言う隼人から、係長は顔を離した。

「無理しなくていい。復帰したら、しばらくはデスクワークでリハビリだ」

長居すると看護師に叱られるからな、五分以内と言われているんだ、と言って、丸椅子を元の場所に戻し、出ていった。

隼人は疲れて目を閉じた。

係長はどこかへ報告するためにようすを探りにきたのか。

樽下副総監か。

樽下という人物は、いったいどんな背景を持っているのか。ひょっとすると、樽下は、実は裏でエイクマンや左納の勢力と繋《つな》がっているのではないだろうか。妄想が湧き出して渦を巻いた。どうであるにせよ、退院したら他の仕事に回されて、この件から完全に離されてしまうだろう。左納は遠くに去って、追い詰めることはできなくなる。

二度と逃げたくはないのに。

窓外のポプラの木を眺めた。高い木だが、通りの向こうのビルのほうが高く、ビルが曇り空を押し上げているように見える。どこか寂しい景色だった。

また生き残った。

後ろめたい気分がある。

ビルの屋上と曇り空の境界辺りをぼんやりと眺めていた。

ふいに、心が波打った。何か、不安になる。警戒心かもしれない。根拠はないが、妄想ではない。現実の皮膚感覚だった。勘が研ぎ澄まされている。不穏な気配がある。

五秒前の予知能力。いつものおかしなヤマ勘だ。隼人は耳を澄ませた。通路を靴音が近づいてくる。危険を感じるセンサーの針が大きく振れている。

隼人はスマートフォンのボイスレコーダーをオンにして掛布団の下に隠し、眠ったふりをした。

ドアノブが静かに回り、靴音が入ってくる。

隼人のそばで立ち止まった。視線を感じる。間を置いて、わずかに薄目を開けると、男が卓上を目で探っている。

公安部の小此木だった。

仙台照浜の震災復興流通事業センター開所式で隼人を見つけて追おうとした警部補だ。隼人の持ち物を探ろうと、鋭いまなざしを走らせている。隼人は驚いて目を見開いてしまい、

「小此木さん」

と声を出した。小此木は視線を戻し、隼人がこれまでに見たこともない優しい目になった。

「近くを通りかかったんでな。ちょっと寄ってみたんだ」

ちょっと見舞いに寄ったのでは院内に入れないはずなのに。だいいち、小此木は、隼人とは係も違うし同じ仕事をしたこともない。大勢いる下っ端の一人に過ぎない隼人を、覚えていたり気遣ったりするはずはなかった。

「ありがとうございます。ご心配をお掛けします」

隼人はまだ意識がぼんやりしているふうにつぶやいた。

小此木は、いやいやと手を振る。

「宮守の班はたいへんな仕事を抱えているから。疲れが溜まっているんだ。ある意味これは公務災害だな」

温かい色の目に同情の色を加える。

「自分の不注意です。皆さんにご迷惑を掛けてしまって」

「そんなふうに考えちゃいかん。骨休めだと思って休養しろ」

「はい。職場に戻ったら、デスクワークだそうですので」

「そう言われたのか」

「はい」

隼人が気落ちしていると見て、小此木は励ますように言った。

「宮守がやりがいのある仕事に回れるように、俺も働きかけてみるから。おまえはできる人物だと評価している。これからは、何でも俺に相談してくれ」

「ありがとうございます」

「邪魔したな。ゆっくり休め」

踵《きびす》を返し、出ていった。隼人はボイスレコーダーを止めた。音声データには優しく温かい言葉がいっぱい入っている。隼人は、ぞっと寒けを覚えた。


翌日、体と脳の精密検査をして、打ち身と擦り傷、軽い火傷《やけど》だけだと診断され、昼下がりに、退院した。雨が降っていて肌寒かった。小絵が迎えにきて、タクシーに乗った。

高円寺の隼人の賃貸アパートは、四階角の隼人の部屋内がガス爆発で焼けた。他の部屋への延焼はなかったが、一時ガスと水道が止まり、ガス管、水道管が破損した可能性があった。入居時に加入していた火災保険が適用されて、補償を済ませることができる見込みだが、隼人には帰る場所がなかった。

アパートから五百メートルほど東に、小絵が二ＬＤＫの部屋を借りていた。隼人の部屋よりも築年数の古い、暗い印象の賃貸アパートだった。

その一間に、隼人は布団と着替えの衣服だけを買って転がり込んだ。四畳の湿っぽい部屋だった。

小絵は、復興住宅に部屋を借りたままなので、解約、引っ越しの手配をし、当面必要な物を取るために、仙台へ行ってくると言った。

「義兄さんは？　ここに住むのか？」

小絵は困惑したように苦笑した。

「借りたことは知らせておいたけど」

キッチンには、午前中に届いたテーブルと椅子だけがある。まだ冷蔵庫がないので、シンクの調理台に、パンと紙パックの野菜ジュースが並べて置いてある。隼人は野菜ジュースにストローをさして吸った。苦味と甘みの混じり合った味が口中に広がる。

自分は境や久保城に囚《とら》われたのだと気づいた。

このままでは、いられない。

「バイクだ」

独りごちた。

「バイクを取ってこなきゃ」

13

竹林が小雨に打たれている。

竹林の背後に連なる武蔵村山《むさしむらやま》の山の樹々が、春雨に新緑をあざやかにしている。

檀家の法要から戻った住職の心月《しんげつ》は、スーパーカブを庫裡《くり》の軒下に停めると、雨合羽のままで、ふと顔を上げた。

寺院の狭い境内《けいだい》を見渡し、探る視線を山の緑にまで流す。

午後三時半を回っている。一時間前に寺を出た時とは違う。何かの気配を感じ取って、六十代半ばの温和な顔に警戒する色が広がる。

心月の目は、敷地の端、竹林の際にある離れに留まった。

木造の古い小さな平屋で、瓦屋根で雑草が雨に揺れている。木枠の格子窓には曇り硝子《ガラス》が嵌まっていて中は見えない。心月は射るようなまなざしを離れに向けていたが、庭を横切り近づいた。木戸を開けると、ためらわずに土間に入った。濡れたビニール傘が一本立て掛けてある。

薄暗い畳の間に、男が立っていた。痩せて、背が高く、黒いロングコートを身にまとっていた。

「白昼の幽霊か。盆までまだだいぶあるが」

心月は雨合羽から雨粒を滴《したた》らせてつぶやいた。

男は、心月が引退する際に後任を譲ったＦ課のリーダー、菊池幻次だった。心月は、菊池は自分より優れたリーダーだと認めている。その菊池が成就寺《じょうじゅじ》に逃げ込んでくることなどこれまでになかったが。

「迷惑を掛けます」

菊池は言った。

成就寺は武蔵村山の山中にひっそりとたたずむ隠れ寺だった。心月自身も似たようなもので、Ｆ課を引退したからといって帰っていく家も郷里もない。余生を独りでひっそりと隠れ棲《す》むように全うするしかなかった。小さな墓地の一角に、殉職したＦの課員たちを弔っている。先日、若い市毛を葬ったばかりだった。

「難敵のようだな」

「神楽坂が襲われました。課員は散り散りです」

心月は驚いた顔になる。本部に攻撃を仕掛けられるなど、創設以来百五十年間近くなかったことだ。

「それは……」

国政の内部、しかもかなりの上層に、敵に通じる者がいなければ、起こらない事態だ。心月の目が険しくなった。

菊池は冷静だった。感情というものがまったく現れない。

「一日、ここに居させてください。態勢を立て直して反撃します」

心月はうなずいた。

「要《い》る物があれば用意しよう」

それ以上話すことなく出ていった。

菊池は、曇り硝子の窓際に座り、FNブローニング・ハイパワーを取り出すと、手入れを始めた。分解する道具はないので、見える部分の点検だけだが、丁寧に確かめていく。

反撃の対象を考えていた。

奥利根の別荘や飼料倉庫はトラップとして利用されただけだ。中国国家公安部が左納の背後にいるというイメージ。これがトラップだった。敵は中国ではない。

フェイクの構造を考えてみた。菊池は、一連の事案で、左納は実行部隊のリーダー、つまり傭兵《ようへい》に過ぎないと見ていた。そこが間違いなのかもしれない。

左納が主体的にプロデュースして事を進めている。そう考えれば、左納の臨機応変な機動力が納得できる。左納と手を組んでバックアップする組織が存在する。それは雇い主ではなくて、左納のパートナーなのかもしれない。大規模な部隊を展開することがないのは、その関係をうかがわせる。

そうであれば、反撃の対象は一人だ。左納を抹殺すれば事案は決着する。背後のインテリジェンス組織にではなく、左納本人に迫るべきだった。

左納はどこにいるのか。

菊池は暗がりに目を落とす。

Ｆは左納の居所を突きとめることができず、それどころか逆に、神楽坂を突きとめられ、本部を撃滅された。態勢を立て直し反撃する突破口はあるだろうか。

一人の若者の顔が浮かぶ。警視庁公安部の宮守巡査部長。菊池の協力要請を拒んで、直後に爆風で飛ばされた。菊池は宮守を安全な場所に横たえてその場を離れたが、その後、自身が逃走に追いやられ、もう一度宮守にたずねることができなかった。あの青年は何を知っているのか。

心月が戻ってきた。雨合羽は脱いで、傘をさしていた。ボストンバッグを提げている。菊池の前に置いて、心月は押し入れから布団と布団乾燥機を出す。菊池はバッグを開けて、ポットと非常食のセットを見た。心月は布団を広げながら言った。

「樽下さんは大丈夫か」

「相手は樽下さんの存在まで摑《つか》んでいるでしょうか」

「相手とは？」

「左納という国際テロリストです」

心月の横顔が曇る。

「左納をご存じですか」

「十二、三年前のことだ。Ｆで『龍神天命教団』をマークしていた時、自衛隊の特殊部隊員が教団に入信してきた」

「それが左納だった？」

心月はうなずく。

「Ｆで教祖の暗殺を検討していた時期なので、それを察した教祖が、セキュリティ要員として左納をリクルートしたのかと考えたが。左納は、教団の軍資金を使って何かを企てているようすだった。けっきょく、教団のことは公安部が観察しはじめたので、Ｆは離れた」

「左納は、教団壊滅後、海外に渡りました。過激なテロリストになって帰ってきたようです」

心月は広げた布団に乾燥機をセットする。

「左納を突き動かしているのは、海外での経験よりも、根っこだ」

「根っこ？」

「原体験だ。左納は、神戸の出身だ。子供の時に、阪神・淡路大震災に遭って母と妹を失い、その後父が亡くなり、天涯孤独の身になった。その時の体験で、おそらく、この国を憎んでいる。災害国家への恨みだ」

「震災の国だから自分の国を憎む？」

「人災の国だからだ。この国の支配層を憎み、恨む気持ちが、この国の体制を否定する心に固まってしまったか」

諦念を感じさせる淡々とした言い方が出家僧らしかった。布団乾燥機が音を立てて、掛布団がゆっくりと膨らむ。心月は言った。

「左納はなぜ急いでFを潰した？」

次の計画があるからだ。実行が間近に迫っている。

菊池は立ち上がった。心月が、行くのか、と見上げる。

「左納はすぐに動きはじめます。樽下さんに連絡して、ある人物を見つけなければ」

心月は苦笑して乾燥機を止めた。

14

日暮れ時になると、川面《かわも》に漂う水の臭いが路地の奥まで入ってくる。

下町の風情がある町の、四階建てアパートの裏に隠れるように、二階建ての古い文化住宅が残っている。大島の潜伏場所は、その二階の一室だった。

六畳一間のがらんとした室内が暗くなってきた。大島は電灯を点《とも》さないで、窓を少し開け、一戸建ての家々が並ぶ町を眺める。冷たく湿った空気が流れ込んでくる。

家々の間に、町内グラウンドが見える。雨が止《や》んで、濡れた土が夕暮れで黒く沈んで見える。大きな声を出して練習する少年野球の子供たちの姿はない。春の甲子園の選抜大会も中止になったほどだ。たとえ晴れていても、新型コロナウイルスの影響で、練習は自粛中なのだろう。

大島は力のないまなざしを陰っていく風景に流す。

浅草が始発の東武伊勢崎線の沿線、鐘ケ淵と堀切の間。隅田川と荒川に挟まれた狭い町並みの一角だった。Ｆのメンバーは、危険回避のために待機場所を個人で設けていた。場所は自分で決めて確保し、互いに知らせないことになっている。大島が選んだのは、離婚後に交通事故死した元妻の実家がある町だった。元義母と、息子の翔が、二人で暮らしている。翔は小学校五年生。地元の少年野球でキャッチャーをしている。この窓から翔の練習する姿が垣間《かいま》見えるかもしれない。部屋を借りる時にそんなことを漠然と期待したものだった。

大島は怒った顔になり、窓を閉めた。シンクの前へ行き、やかんに水を入れ、ガスコンロに掛ける。足元の床に置いたスーパーの袋から、買い溜めたカップラーメンをひとつ取り出す。

怒っているのは自分に対してだった。

自分のこういうところが重大なミスを招いたのだ。息子への思いをひきずる個人的な感情が、職務上の判断に入り込むようなところが。待機場所をこの町にしたこと自体が、自分の甘さのあらわれではないか。

その情が、トラップに掛かった原因かもしれん。菊池の言葉が刺さっている。左納のトラップに嵌まり、Fは本部を失い、機動力を奪われた。

カップラーメンを持って立ったまま、コンロの青い火を見つめる。この事案のさまざまな場面が脈絡もなくまぶたによみがえってくる。

自分はどこで間違えたのか。

中国大使館経済商務処から女を尾行した場面が浮かぶ。公園で女が接触した祖母と少年。それらは既に左納が仕組んだトラップの枠の内だったのだ。自分が判断をしくじり、Fをミスリードさせた。情に負けると、Fは全滅してしまう。

やかんの口から湯気が吹きはじめた。火を止めてカップラーメンに湯を注ぐ。ぼんやりと立って、脈絡なく浮かんでくる記憶を眺める。

仙台市照浜の、震災復興流通事業センター開所式。来賓のなかに、警察庁の葛野長官、警視庁公安部の小此木警部補。小此木が鋭い目になって誰かを追いはじめた。逃げたのは、公安部の宮守という若い巡査部長だった。正門を出ていく宮守の後ろ姿。

宮守はこの事案にどう絡んでいるのか。

暗がりのシンクで、カップラーメンの蓋を剝《は》がす。昼食で使った割り箸を洗い、その場で立ったままラーメンを啜《すす》った。脂っぽい湯気で顔がべっとりと湿る。床から夕闇と冷気が這い上ってくる。

いや。

心の隅に引っ掛かっているのは、別の映像だ。

一緒に行った貴地野のその時の背中だ。

宮守が逃げた時、人のなかに、貴地野の背中が見えた。誰かと話しているようだった。後でそのことを訊くと、貴地野は、スタッフに飲み物を勧められていたと言った。顔色が優れなかった。内心で動揺しているようでもあった。貴地野のそのようすが、心の片隅にずっと引っ掛かっているのだ。

そういえば、と胸中でつぶやく。

船橋駅で、左納の仲間二人を追った時。

自分も、貴地野も、手分けして追った人物に逃げられてしまったが、その後で合流した貴地野のようすが、やはり、どこかおかしかった。敵を逃がしてしまって動揺しているのは自分もそうだったから、貴地野もそうだと思っていたが。

仙台と、船橋。貴地野のどこか不自然なようす。

貴地野は何かに思い悩んでいるのだろうか。それに気づかず、聞いてやれていない自分は、チームワークの点でまたミスを犯しているのでは。

ここに隠れていないで貴地野に会いたいと思った。

貴地野はどこに隠れているのか。

樽下副総監なら。

樽下なら、貴地野のほうから連絡が入る。その時に、大島が会いたがっていると伝えてもらえれば。

それに、宮守巡査部長も追わなければ。

あの若いやつは情報を持っていそうだ。劣勢打開の突破口になるかもしれない。宮守に接触するにはどうすれば。

いずれにしろ、先《ま》ずは副総監に会うことだ。

麺を啜り込むと汁をシンクに流して、尻ポケットからスマートフォンを取り出した。

15

夜が更けてから、隼人は自分のバイクを取りに行った。

雨は止んでいる。一日雨が降ったのに、隼人の暮らしていたアパートは、近づくと物の焼けた臭いがまだ漂っていた。

一階の駐輪場に、仕事帰りの住人が出入りしている。隼人は人眼《ひとめ》を避けてカワサキZ六五〇を出し、小絵の借りたアパートまで静かに走行した。五分ほどで着いたが、バイクの駐輪契約をしていなかったので、バイク駐車場を検索して、そこから百メートルほど離れたコインパーキングに移動した。

バイクを停めて、シートの端を調べた。自分で作った隠しポケットは誰にも見つけられていないようだった。そこに隠しておいたUSBをズボンのポケットに入れた。

夜の街を歩きだした。

すぐに、何か嫌な感じが背筋をざわつかせた。警戒感だった。勘が危険を察知している。

USBを守らなければ。

駆けだす方向を探って街路を見渡すと、街路灯の下に、尾けてきたシルバーの乗用車が停まった。

運転席の窓が下りて、男が首を出す。初老の男だった。

「宮守君」

副総監の樽下警視監だ。隼人は背筋を伸ばし、近づいた。樽下は背広姿で、独りだった。

「体は？　もういいのか？」

「はい。ご心配をお掛けしました」

「乗らないか」

穏やかだが有無を言わさない威圧感がある。隼人が後部座席に乗ると、車は街路を抜けて、幹線道路に入った。

「どこへ行くんですか」

「少し話したい」

すぐに幹線道路を離れて、小さなコインパーキングに停まった。

車を降り、川沿いに続く緑地公園の遊歩道を歩いた。

桜並木は今日の雨と冷気で花が散りはじめている。遊歩道に、他に人はいなかった。

「左納を追っているのか」

樽下は訊いた。隼人は、どう答えようかととまどったが、行く手の闇に毅然《きぜん》と顔を上げた。

「左納は、父と母を殺しました。震災の時、車を奪って津波から逃げるために」

暗がりで樽下はうなずいたようだ。そうだったのか、というのか、知っている、というのか。歩調を落とさずに並んで歩いていく。

「君の個人的な捜査は、もう進まない。公安部内で配置換えがあるからな。後は任せてほしい」

「任せるとは？　警視監に、ですか？　あの、幽霊みたいな男にですか？」

「私が責任を持つ」

隼人の目に不審の色が浮かぶ。

「警視監はあの男に関わりがあるんですね。所属はどこですか？」

「所属はない。というより、存在しない」

「存在しない？」

隼人は、ポケットのＵＳＢを意識した。副総監は、けっきょくは、この情報が欲しいのだ。隼人は言った。

「私は配置転換で飛ばされるんですね。どうせなら、その特捜班に入れていただけませんか」

樽下は黙っている。隼人は、自分が駄々をこねて困らせる子供のように思えた。桜並木の背後に広がる闇を見る。夜の闇はざわざわと波打って辺りに満ちてくる。照浜の高い防波堤から眺めた海がここにつながっている。闇はこの遊歩道にもひたひたと打ち寄せてくる。

「あの日からずっと、私は、生と死の境に立っています。一歩踏み出せば死、一歩戻れば生。どちらへでも行ける。存在しない影のチームでも働けます」

「君はこれからだ。陽《ひ》の当たる場所で生きていくべきだよ。亡くなったご両親もそれを望んでいるんじゃないかな」

「できません」

「どうして？」

「できないんです。後ろめたくて」

自分の内の波立つ闇を見つめている。樽下は言った。

「君はやはりこの事案から離れなければいけない」

「どうしてですか？」

「このまま進めば、君は左納とシンクロするだろう」

「シンクロ？　どういう意味ですか？」

「君にとって、左納は、別の意味で危険だ」

「個人的な復讐《ふくしゅう》心で動くのはよくないと?」

「いや、そうではなくて」

言葉がふいに途切れた。樽下は崩れるように倒れ、遊歩道に転がった。

「警視監? どうしました?」

隼人は、しゃがみこんだ。樽下はぐったりと横たわっている。暗がりに、樽下の顔がほのかに浮かぶ。息をしていない。側頭部が黒くなっている。触れると、濡れてべたべたする。血だった。

「警視監」

両脇を抱え上げて道端まで引きずっていき、樹の幹に上半身をもたれさせた。

樽下は死んでいる。頭を撃たれたのだ。隼人は、樽下の前で膝をついた。

右手の闇のなか、樹幹の後ろで、気配が動いた。隼人は銃器を携行していなかったが、気配のほうへ、頭を低くして突進した。

足払いを掛けられ、土の地面に倒れた。うつ伏せにされて押さえつけられ、身動きできなくなった。右手に何かをつかまされる。拳銃だった。拳銃を握った自分の腕が、強い力で曲げられて、銃口が自分の頭に押し当てられる。

副総監を射殺した若い巡査部長が同じ拳銃で自殺。筋書きが読めた。

「左納」

歯ぎしりするような声が出た。ふん、と嘲笑《あざわら》う声が背中の上でする。隼人は、体をねじり拳銃を離そうとしたが、まったく動けない。恐怖に呑まれた。

「誰かっ」

喉の奥で叫んだ。

急に引きずり起こされた。立たされ、腕を後ろにねじられて、痛みで動けない。隼人の背中に密着して、筋肉質の大きな男が立っている。拳銃はいつのまにかその男が持って、銃口で隼人の顎を突き上げている。

隼人をねじ伏せて撃ち殺そうとした男が、隼人を立たせ、盾にして、何かから自分の身を守ろうとしているのだ。隼人の耳元で男の声がした。

「出てこい」

やはり左納だ。左納が副総監を射殺したのだ。

前方の樹陰から、孤影が現れた。

街灯りが降る空き地へ、進み出た。

黒いロングコート。背の高い、影。

「銃をこっちに投げろ」

隼人の耳元で左納が命じた。男は動かない。左納はささやいた。

「見ろ、おまえを犠牲にして、俺を撃つつもりだ」

「構わない」

隼人が苦しい息でそう言うと、左納の硬い胸板が蔑《さげす》みの笑いで震えた。

「あいつはFと呼ばれている。影になって、この国を守っているんだ。この国の、何を？　正義を？　上級国民が穏やかに暮らせる正義か？」

左納は、ささやきながら、じりじりと後退する。有利な位置を取ろうとしている。

隼人は、左納から離れようと腰を落としたが、更に強い痛みで固定された。左納は影の男に言った。

「おまえらはもう終わってるんだよ」

男は無言で立っている。左納は隼人にささやいた。

「あいつは国家の犬だ。おまえは、こちら側だ」

「違う」

顎の下に銃口が食い込んだ。隼人は目を閉じた。

背後から何かがぶつかってきた。隼人は飛ばされて地面を転がった。倒れたまま見ると、暗がりで、男と男が争っている。左納と、左納を後ろから襲った男とだった。

隼人は上半身を起こして影の男を捜した。影の男は、さっきと同じ場所に立って、腕を伸ばしている。拳銃で左納を狙っている。激しい取っ組み合いになっているので、引き金を引けないのだ。

左納が男を投げ飛ばした。樹陰を伝って逃げていく。影の男は撃とうと狙ったが、左納が巧みに退くので、引き金を引かなかった。

投げられた男が唸《うな》って立った。影の男が声を掛けた。

「大丈夫か」

「何とか」

二つの影は並んで隼人に近づいた。隼人は立ち上がって身構えた。男たちは隼人に向き合った。敵意は感じられない。隼人は言った。

「副総監が」

「我々は副総監と一緒だった」

ロングコートの男が言った。深く暗い声だった。隼人はズボンのポケットを触った。USBは無事だ。もう一人の影が言った。

「一緒に来い。防犯カメラに、樽下さんといたところが映ってる。犯人にされてしまう」

がっしりした体格の男だった。隼人は言った。

「副総監は？　救急車を」

ロングコートの男が銃をしまいながら言った。

「置いていく。後で通報しておく」

「副総監は私に会いに来たばかりに」

「行くぞ」

影は背を向けて歩きだした。

Ⅳ

1

火曜日の朝。

左納澄義は新橋から、ゆりかもめに乗った。

ドアが閉まる直前に乗り込むと、車内はすいていた。マスクを着けた乗客がお互い離れて座っている。左納はドアのそばに立った。ニューヨーク・ヤンキースのロゴが入ったキャップに、サングラス。使い捨てマスク。グレーの春物パーカーに、ジーンズ、スニーカー。髭《ひげ》をさっぱりと剃ったので、マスクが少し大きく感じられる。

晴れている。空の明るさが鈍い頭痛を起こす。ポケットの小さなピルケースから錠剤を出して、唾液で呑み込んだ。

車両は芝浦ふ頭駅を過ぎ、ループを上って、レインボーブリッジを渡りはじめる。

東京湾を横断する吊り橋で、全長約八百メートル、海面から橋げたまでの高さ約五十メートル。首都高速の道路と、ゆりかもめの線路の、二層になっている。

左納は湾内の景色を眺めた。隅田川の河口に船舶が行き交う。その向こうに、高層ビルの群れがそびえている。都心らしい景観が朝の空気に輝いて見える。

橋の真下の海面は見えない。この辺りの海の深さは、十メートルから二十メートルといったところか。

ボートで橋の直下に接近するには、海上保安警備の厳しい羽田空港周辺を避けて、川の上流方向から来ればいいだろう。しかし、ここから短時間で離脱するのは難しい。高速艇を使っても。

新しい起爆装置はFに奪われた際に破壊された。左納の手元に残っているのは、九年前の古い型の起爆装置で、時限装置しか付いていない。

爆破後に川の上流へ引き返すのは意味がないし、かといって海へ出るには保安艇の警備網を突破しなければならない。左納の目は、脱出する方角を探して、お台場や芝浦に向く。撤収の方法が問題だった。

お台場海浜公園駅で降り、ビーチまで歩いた。

海辺は白砂青松、右手に、いま渡ってきたレインボーブリッジ、対岸には芝浦のビル群が見える。潮風が頬《ほお》を撫《な》でた。明るい穏やかな風景。頭に巣くっている鈍い痛みが消えていくようだった。

だが、平和な眺めには違和感がある。きれいに加工された観光写真みたいに感じられた。

これではない。

ビル群が傾き、粉塵《ふんじん》を噴き上げて倒壊し、街はあちこちから立ち昇る黒煙に覆われ、護岸は割れて高い津波が街路を呑んでいく。

脳裡《のうり》にあるそんな映像こそが、左納にはリアルだった。

足元を見下ろすと、自分のスニーカーが白い砂に少し埋もれている。自分は平和な地に、この足で立っているのだ。強い違和感に眩暈《めまい》がした。

「おじさんラグビーの選手？」

振り向くと幼稚園児位の男の子が見上げていた。芝生では、若い母親が腰を下ろし、リュックサックから水筒を出しているところだった。母親は気づいて、

「たかくん、いらっしゃい」

と呼んだ。左納はしゃがみこんで屈《かが》んだが、男の子より目の位置は高かった。

「ラグビーの選手じゃないよ」

「だってここスナハマでしょ」

「砂浜？」

男の子は、うん、とうなずく。

「こうた兄ちゃんはラグビーの選手だよ。スナハマで走るとアシコシが強くなるから海浜公園に行ったら走るんだって。おじさん走りに来たんじゃないの」

左納は訊いた。

「たかくんはラグビーの選手になりたいのか？」

「ううん。消防士さんになる」

「いいな。現場で、人を助けてあげてくれ。現場で働く人は皆、良い人たちだ」

母親が来て、

「すみません」

男の子の手を曳《ひ》いていった。

左納は立ってビーチを歩いた。砂を踏む感触を確かめた。タワーマンションがビーチを睥睨《へいげい》し、天を指している。あの男の子はお台場に住んでいるのかと思った。お台場が壊滅するのを見て、消防士になろうとますます強く志すだろうか。破壊を生き延びれば、の話だが。

左納が若い頃自衛隊に入ったのは、大学に進学する金もなかったからだが、ことさら自衛官を選んだのは、震災の現場で人を助ける自衛隊員の純粋な使命感が、心に残っていたからだった。

現場で働く人間は良い。破壊の後は、現場を知り現場を尊ぶ人々が、新たな建設を担うだろう。この国の未来に不安はない。炎が街を焼き、津波が洗い流す。この国を覆う黒煙は消えて、ふたたび陽光は地上を照らす。

背後から男の子の歓声が聞こえる。

あの子は死ぬだろうか。

左納の瞳は静かだった。神戸でも、仙台でも、死は無作為に人を選んだ。たとえ生き残っても、自分が死ななかった後ろめたさに、さいなまれる者もいる。

樽下と話していた宮守という若い警官を、思い出した。陽の当たる場所では生きていけないと言っていた。宮守の後ろめたさを作ったのは、自分だ。だが、宮守には自分に似たところがある。お互いにネガティブな親和力でつながっている気がする。あの若者を自分の計画に使えないだろうか。

そんなことを考えた。現在の自分のチームには不満があった。信頼できる赤石も五位堂もいなくなった。リー・ジングーは先を見通せずに勝手な行動を取る。鳥井は上の意向を優先して、こちらを監視している。計画が長引けば、うまくいかないことが増えてくるだろう。

瞳に苛立《いらだ》ちが浮かんだが、すぐに落ち着いた静かな光に戻った。

自分はもともと一匹狼《おおかみ》なのだ。組織の力は利用する。しかし最後は単独行動で決着をつける。大部隊など要らない。

あそこへも独りで行く。

レインボーブリッジを見上げた。

乾いた砂を踏みしめて歩くのは心地よかった。

2

心月は読経を終えた。樽下の霊は中有《ちゅうう》にさ迷っているだろうと、弔う経だった。正午に近かった。厨房で、パンと缶コーヒーを三人分、買い物バッグに入れて、離れの建物に運んだ。

山中のことなので人の目はないが、追跡者が監視していないかと用心し、法衣の袖でバッグを隠して、庫裡の勝手口から離れの勝手口へ、こっそりと出入りした。

夜明け前、菊池が大島と公安部の宮守という若者を連れて成就寺に帰ってきたのだった。心月のノートパソコンを借りて三人で何かを調べはじめたので、心月は庫裡の自室へ戻っていた。三人は、インターネット接続を切断して、宮守のUSBデータを開いているようすだった。

心月が昼食を運んでいくと、三人はそれぞれ離れた壁にもたれて仮眠していたが、物音に目を開けて、座ったままで身構えた。

「少しは休めたか」

「迷惑をお掛けします」

大島が疲れて二重瞼《まぶた》になった目をしばたたいた。

心月が買い物バッグからパンを取り出して大島に手渡すと、菊池が座卓に置いたノートパソコンを起《た》ち上げた。

「これを見てもらえますか」

USBから取り込んだ映像を示す。

「宮守君が南青山で撮ったものです」

閑静な住宅街に、白亜の三階建て住居がある。心月は袂《たもと》から老眼鏡を出して掛けた。

「これは？」

隼人が答えた。

「ワシントン・メイン・タイムズ東京支局長の、デイ・エイクマンの自宅です」

心月はうなずいて、隼人の撮った動画を見た。

出入りする男たちが映っている。玄関ドアを開けて入っていく二人連れ。こちらを振り向いた男。エイクマン邸のそばですれ違った四十歳前後の男。玄関ドアから出てくる左納澄義。デイ・エイクマン本人。場所が変わり、エイクマンのオフィスに入る、黒い高級車。

「車に乗っているのは、東日本大震災復興大臣の久保城議員と、後援者の境です」

心月は老眼鏡を外して袂になおし、隼人に向いた。

「よくやったな。左納の背後に連なる人脈がすべて映っているんじゃないかな」

菊池がたずねた。

「ご存じの顔がありましたか」

「エイクマンは、ＣＩＡのエージェントだ。東アジア・コネクションのトップ。菊池君も知ってのとおり」

菊池は先をうながすように黙っている。

「宮守君がエイクマン邸の近くですれ違った男だが、日本人じゃない。彼は、米陸軍のニール・フクナガだ。日系アメリカ人で、以前は、対アジア特任班に所属していた」

菊池は大島と目を合わせ、心月に言った。

「敵は中国の国家公安部だと考えていました」

「ミスリードを仕組むのは手慣れている連中だ。左納のパートナーは中国ではない。ＣＩＡと、米陸軍の謀略チームだ」

心月の目には暗い影がある。

「アメリカ相手の戦いだ。樽下君がいなくなっては、動けないな」

沈黙に包まれた。神楽坂の本部をなくし、そのうえ、樽下の死で警視庁からも切り離されてしまった。大島は、ビニール袋を破って、パンを頬張った。苦いものを嚙みしめているふうだった。

菊池は言った。

「これは大規模な組織戦ではない。左納との個人戦だ。左納を捕捉して抹殺する。我々だけで戦える」

心月はしばらく黙考していたが、顔を上げた。

「必要な物は安行君に揃《そろ》えてもらえ。処理班も安行君に言えば動く。ここをベースに使えばいい」

菊池は言った。

「ベースは私の退避場所に移します。都心のほうが動きやすい」

大島は口のなかのものを飲み下した。

「貴地野と南洲はどうしますか」

「新しいベースに集合しよう」

「再集合ですか。左納の動きがつかめるまでは、各自が自分の退避場所に居るほうがよくはないですか」

大島は、ためらっている。菊池は、なぜだという目を向ける。

「いえ、現状では、左納の情報収集能力が優《まさ》っていますから。再集合したところをまた襲撃されたら、今度こそ、おしまいです。侮れない相手です」

菊池は大島の考えを読もうとするのか、黙って見ている。大島は言葉を継いだ。

「左納がこっちを捕捉しているか、試してみましょう。私が独りで動いてみます」

「どう動く？」

「奪い返された核爆弾の行方を追ってみます。左納はその近くにいますよ」

大島は心月に向いた。

「神楽坂が襲われた時に、あの棺を運び出した車両があったはずです。安行さんに、調べてもらってほしいんですが」

「やってもらおう」

「それと、貴地野に、私の手助けをやらせましょう」

菊池を見た。

「課長は離れて観察していてください。左納が私を捕捉しているかどうか」

心月からパンと缶コーヒーを渡された隼人に、菊池が言った。

「ここから動くな。君は副総監殺しの重要参考人として手配されている」

「そんな杜撰《ずさん》な捜査を一課がしますか」

「仕切っているのは警察庁だ。アメリカが圧力を掛ければ検察もマスコミも従う」

隼人はパソコンを指した。

「この動画を使えませんか。世間に拡散させるとか」

誰も答えない。

「ネットでなら世界に発信できます。東京に核爆弾があると。現役の大臣だって絡んでいます」

大島が言った。

「ネットは国家権力に完全管理されてるんだ。公安部にいて知らないのか」

隼人の勢い込んだ表情が醒《さ》めた。諦め顔で缶コーヒーを飲んだ。

3

鳥井は新宿三丁目の路上に車を走らせていた。昼食の時間帯を過ぎて、人と車の流れは少なくなっている。

歩道をうかがいながら速度を落とすと、この前と同じ場所に、マスクを着けた貴地野が立っていた。

路肩に車を停めて、ドアロックを解除する。貴地野は周囲に目を走らせ、後部座席に素早く乗ってきた。

鳥井は車の流れに割り込んで走りだした。貴地野はリアウィンドウ越しに総合病院を振り返っている。鳥井は言った。

「今日は会えない」

「わかってる」

貴地野はぶっきらぼうに応じて前を向く。

桜井優香に会えなくて機嫌が悪いのか。敵の車に乗って緊張しているのか。それとも、仲間を裏切っていることで罪悪感に陥っているのか。

鳥井は知らぬ顔で運転した。貴地野は車窓の街並みを眺めている。どこへ行って何をするのかを聞かされていないのは、不安に違いない。

この男は、本心から、女のために味方を裏切る気持ちになっているのだろうか。鳥井は半信半疑だった。昏睡《こんすい》状態の桜井優香が、誰でも侵入できる病院にいて、いわば人質に取られているのだから、下手《へた》にこちらに逆らうことはしないだろうが。

鳥井は、CIA東アジア・コネクション主任、デイ・エイクマンの直属の部下だった。現在は、米陸軍の対アジア特任班長ニール・フクナガ指令上級曹長と組んで、テロリストの左納澄義をサポートしている。フクナガの部下の中国系米軍人リー・ジングーを左納のチームに配して、鳥井自身も加わり、中国国家公安部の謀略部隊に偽装して計画を進めてきた。それが上手《うま》くいって、障害となるFを壊滅させたが、偽装はそろそろメッキが剝がれてきた。計画を急がなければならなかった。

エイクマンは、左納を信用していない。

左納はかつて「龍神天命教団」というカルト教集団に入信したが、信仰心などは無く、自分のテロ活動を実践するために教団の資金を利用しようと企《たくら》んでいただけだった。左納の人生をみると、高校卒業後に自衛隊に入ったこと自体が、国家への恨みを晴らす目的のためだったとも思われる。エイクマンは、左納を監視することを忘れるなと鳥井に言うのだった。

だが、鳥井が見る限りでは、左納は純粋に破壊へと、ひた走っている。監視は怠らないが、左納を全面的に援助すべきだった。左納の狂気を実現させてやれば、米国は、太平洋戦争の後のように、日本をふたたび統治できる。日本列島を砲台島、不沈空母にして中国やロシアに厳しく対峙《たいじ》できる。左納を走りたいほうへまっすぐ走らせてやればいいだけなのだ。

三〇五号線を北上し、西早稲田辺りで町なかへ入った。

神田川を渡る手前に、古い二階建て家屋がある。レトロな外観の喫茶店だった。鳥井は店の前に車を停め、店のドアを指さした。

「入っていけ」

「あんたは？」

「車に居る」

貴地野はそれ以上は訊かずに、降りて店へ歩いていく。鳥井は車を路肩に寄せてエンジンを切り、停車灯を点滅させた。前後に視線を走らせ、人影が無いのを確かめる。

喫茶店の木の扉には「新型コロナウイルス感染防止の為《ため》しばらくの間閉店します」と手書きの紙が貼ってある。

貴地野は取っ手を引いて店内に入った。

山小屋ふうの店内は、薄暗く、がらんとしている。

カウンターの内に、男がいた。リー・ジングー。リーは口の端を歪《ゆが》めて貴地野にニヤリと笑いかけたが、目は殺伐とした光を発している。木の階段を指さした。

貴地野は靴音を立てて二階へ上がった。リーはついてこない。二階の店内も山小屋ふうで、テーブルも椅子も素朴な作りの木製だった。

テーブルのひとつに、左納が就いていた。グレーの春物パーカーに、ニューヨーク・ヤンキースのロゴの入ったキャップ。険しい顔で何かの錠剤を口に含み、コップの水で飲み下し、階段を上がってきた貴地野を見ながら、小さなピルケースをパーカーのポケットに入れた。両手を卓上に置いて、向かい合う席を、ここへ座れと目で示した。

「何も出せないんだ。ここのコーヒーは美味《うま》いんだが」

太い落ち着いた声だった。貴地野は椅子の背を引いて座った。

「来る前に飲んできたよ」

左納は、それはよかったというふうにうなずいた。

「桜井優香と暮らす気になったか」

「具体的な話を聞きたい」

「シンガポールに良い脳外科医がいる。世界的な権威だ。そこで回復治療を受けてから、アメリカ本土の陸軍基地関連施設で、リハビリを受けながら暮らしてもらう。時機を見て、好きな所で新しい生活を始めればいい。世界中どこでも好きな所を選べ。当面の生活は保証する」

「ずいぶん優遇されるんだな」

「アメリカは協力者を裏切らない」

貴地野は親指で真下を示した。

「バックはアメリカか」

左納は右肩を少し上げた。質問はするなと肩をすくめてみせたらしい。貴地野は訊き方を変えた。

「優香は、いつまでに東京を離れなきゃならない？」

「そんな探りを入れる必要はない」

「計画がわからないと、協力しようがないからな」

左納の瞳に冷厳な色が浮かんだ。

「覚悟を決めたのなら、あれこれ思い煩うな。歯車に徹するんだ」

貴地野が黙ると、左納は椅子の背もたれに背をあずけた。

「女と暮らすためにどれだけの代価を払わないといけないのか、気になるんだろう？　これまでどおりにやればいい。妨害工作も情報漏洩《ろうえい》も必要ない」

貴地野は不思議そうな顔になる。左納の目の色がまた強くなった。

「俺がFの残党と対する時があれば、その場にいてくれ。頼みたいことは、ただひとつ。俺がボタンを押す瞬間、邪魔するやつがいたら、撃て」

「ボタンを押す？　そんな場にいれば俺が助からない」

「たとえて言えば、だ。その時になればわかる」

貴地野は、左納が頭に描く絵を見ようと、左納を見つめる。

左納は自分の脳裡のキャンバスに着実に絵を描きあげていく。冷静に、明晰《めいせき》に。だがその絵は大破局の悪夢だ。左納は内なる悪夢に憑《つ》かれている。貴地野は言った。

「いま、あんたの悪夢は必要か？」

「どういう意味だ？」

「新型コロナウイルスの感染者は、全世界で三十万人を超えたっていう。既に世界に悪夢は広がっているんだ。あんたの悪夢を重ね描きしなくても」

「俺は悪夢を描くわけじゃない」

左納は真顔で言った。

「俺は描かない。頭にあるのは、白紙だよ。無地のキャンバスだ。いま目の前にある悪夢を消そうとしているんだ」

真摯《しんし》な瞳だった。

4

広い空に日が傾きはじめる。

大島は、運転席に身を沈めて、フロントガラス越しに前方を見張っている。

神奈川県座間市郊外。

廃材置き場の鉄板塀に寄せて、路肩に停車していた。

ネギ畑が広がり、その向こうに、二階建てで茶色い棟の老人ホーム。並んで、コンクリート塀で囲われた三階建ての水質研究所。それらの奥に、雑草の茂る土手が地上と空を画している。土手の向こうは相模《さがみ》川、対岸は厚木だった。

警視庁の安行警部が調べた結果、神楽坂の月照から火が出る数分前、近くの路上に宅配便のトラックが一台停まっていたことがわかった。神楽坂を離れたそのトラックは、首都高速三号渋谷線を走り、海老名から一般道を北上、いま大島が見張る水質研究所に入った。トラックはその後、ここから三キロ離れたアメリカ陸軍キャンプ座間に移動し、姿を消した。宅配便の会社には、当日そんな動きをしたトラックの記録はない。

水質研究所の施設は、八年前に別の場所に移転して現在は使われていない。土地と建物を、仙台に本社のある薬剤会社が、倉庫兼試験所として借りていた。その会社は久保城議員の後援者である境が役員を務めており、米軍のキャンプ座間に薬剤や資材を納入している。

「放射線測定器が欲しいな」

大島はぼやいた。後部席で、貴地野が言った。

「煙草《たばこ》臭いですね、この車」

「格安レンタカーで即貸ししてくれたんだ。これしか残ってなかった」

「大島さんが借りたんですか」

「ああ」

心月が自腹で借りてくれたことを、大島は言わなかった。大島が単独で動いていると説明した。

貴地野には、どこか微妙な点で、不自然なところがある。思い過ごしかもしれないが。大島自身に、息子の心配があるように、貴地野にも個人的な心配事があるのではないか。それが捜査の時にも心に掛かっているのではないか。大島はぼんやりした疑いの目で貴地野をうかがっている。

空が光を失ってきた。白い大型のワンボックスカーが、ネギ畑の北側の集落を抜けて、研究所の前に停まった。運転席から降りた男が鉄柵の門扉を開け、車を乗り入れる。大島が船橋で逃した男、リー・ジングーだった。敷地内の駐車スペースに停め、建物の玄関に歩いていく。

後部席のスライドドアが開いて、二人の男が続いて降りた。宮守がデイ・エイクマン邸周辺で撮影した動画に映っていた人物だ。米陸軍のニール・フクナガ。もう一人は、左納だった。

大島はスマートフォンで画像を撮った。遠くて写りはよくない。貴地野が訊いた。

「侵入しますか」

門扉は開けたままなので、すぐに出てくるかもしれない。

「ここからようすを見よう」

一時間待った。隣りの老人ホームに車が数台出入りしただけだった。辺りは薄暗くなってきた。研究所内に変化はない。大島は、ぼやいた。

「南洲が神楽坂に居た時は、あの車を衛星で追跡してもらえたんだがなあ」

貴地野が言った。

「あっちにも車が停まってますよ」

ネギ畑の彼方《かなた》、左納たちのワンボックスカーが抜けてきた集落の端の道に、シルバーの乗用車が停まっている。いつからあるのか覚えがないが、左納たちの車を注視している間に現れたのだろう。

大島はスマートフォンの画面でその車をズームアップした。遠いうえに、暗くなっていくなかで、車内は更に暗い。運転席に人影があるように見える。

「公安か」

「公安がマークしますか？」

変化のないまま三十分ほど経った。ネギ畑は宵闇に溶けた。老人ホームの灯りが周囲の闇を和らげている。研究所の駐車スペースで、車のライトが点いた。光線が向きを変え、門の外を照らす。ワンボックスカーが道へ出た。リーが門扉を閉めて車に戻り、集落のほうへ走りだす。集落の道を、幹線道路のほうへ、ゆっくり進んでいく。

ワンボックスカーが過ぎると、シルバーの車が点灯して向きを変え、あとを追いはじめた。

大島はエンジンを始動した。路上で切り返して向きを変え、幹線道路へ走った。

信号機のない交差点で待っていると、ワンボックスカーが目の前を横切った。別の車を三台挟んで、シルバーの車が通過する。運転しているのは女だった。一瞬見えた横顔に、大島は覚えがある。チョウ・イーシュアン。中国国家公安部のエージェントだ。

「なんでだ？」

「はい？」

「いや」

大島は間に一台挟んで続いた。

宵の口で車の数は多い。ワンボックスカーとシルバーの車は、相模川に並行して南下し、海老名で東名高速に入り、東京へ向かった。チョウ・イーシュアンの車は、適当な間隔をとってワンボックスカーを尾《つ》けていく。大島は言った。

「左納たちが停まったら、俺が接近して観察する。貴地野は離れてそれを観察しろ」

「大島さん」

「何だ？」

「危険は回避してください」

「わかってるよ」

大島は神楽坂が襲撃されたのは自分がミスリードに引っ掛かったせいだと考えていて自暴自棄的な自己犠牲を払おうとしているのではないか。貴地野はそう思っているらしい。

「そんなんじゃないよ」

大島はつぶやく。

「そんなことより、おまえは」

「はい？」

「いや、何でもない」

ワンボックスカーは都心に入り、芝浦の街なかをぐるぐる走りまわった。尾行されていないか確かめているようだった。シルバーの車は上手に距離をとって離れない。尾行の高等技術を持っている。

ワンボックスカーは、芝浦ふ頭に入った。

首都高速一号線高架下の都道を北へ走り、都道と運河に挟まれた倉庫に入った。周辺が高層マンションや新しい施設に再開発されたなかで、ぽつんと取り残された古い物流倉庫だ。地下駐車場に下りていく。

シルバーの車は、倉庫の出入口を通り過ぎて、路肩に停車し、停車灯を点滅させた。

大島は更にその先まで走り抜け、ガードレールの切れたところで歩道に乗り上げて停まった。

「運転席に移れ。いつでも出られるようにしておけ」

貴地野に言い置いて車を降り、歩道を倉庫のほうへ戻っていった。

シルバーの車から小柄な女が降りて、倉庫のほうへ歩道を歩いていく。黒っぽいジャケットにジーンズ。黒髪をショートボブにしたチョウ・イーシュアンだ。物流倉庫の鉄柵の前で停まると、中をうかがっている。

大島は歩調を落として、マンションの玄関脇に立ち止まった。飲料の自動販売機の陰に隠れてチョウを観察する。チョウは、鉄柵越しに倉庫の建物を見上げ、出入口へと歩いていく。

その背後に、男が現れた。マンションと倉庫の間に、細い道があるのだろう。ワンボックスカーを運転してきたリー・ジングーだ。リーは気配を消してチョウの後ろに迫る。大島は、自動販売機の横のゴミ箱を見た。空き缶が溢《あふ》れて、丸い投入口から、はみ出ている。それをひとつ取って投げた。空き缶は音を立てて歩道を転がった。リーとチョウは、はっと振り返った。リーは向き直ってチョウに迫ろうとしたが、チョウは小型拳銃の銃口をリーに向けていた。リーはじりじりと後退し、鉄柵に背をつけた。チョウは、銃口を向けたまま歩道を戻り、リーから離れると、きびすを返して駆けた。

大島は自動販売機の陰に身を寄せた。その脇をチョウが駆け抜ける。チョウは自分の車に戻り、運転席のドアを開けた。車の屋根越しに大島と目が合った。ドアが閉まり、シルバーの車は急発進して車の流れに紛れ、走り去った。

大島は、倉庫のほうをうかがった。リーは消え、歩道に人影はない。

あのワンボックスカーに核爆弾が積んであるのなら。

大島は大きな倉庫を見上げる。

チョウの尾行はバレていた。左納は中国公安部が絡んできたと知ったわけだ。

核爆弾が他所《よそ》へ移される前に、倉庫を急襲しなければ。

だが。これもまたトラップかもしれない。

大島は判断のつかない曇った表情で自分の車へ戻った。

5

夜風が竹林を渡っていく。窓もカーテンも閉め切っているのに湿った土の臭いが入ってくる。

隼人は座卓に置かれたノートパソコンで、夜のニュース番組を観た。

警視庁副総監の変死に関して、警察は死体の発見された善福寺川緑地周辺で聞き込みを続けている。死因も捜査状況もわからない報道内容だが、警視庁内部では所在不明の隼人の行方を追っているに違いない。左納の存在は隠蔽《いんぺい》されているのだろうか。

ここから動くな、と菊池は言い置いて大島の周辺観察に出ていった。

じっとしていられない気持ちを抑えている。

黒い濁流が自分の足元で嵩《かさ》を増し、渦巻いている。父と母を押し流し呑み込んだ津波だった。自分だけが、まだ呑まれもせずに、死と生の狭間《はざま》にたたずんでいる。たまらなく後ろめたい。

自分と同じ、ほの暗い場所で、左納は、境界線の堤を破壊し決壊させて、闇の濁流を明るい世界に引き込もうとしている。国会議員の久保城は、我利我欲の野望に目が眩《くら》んで左納の背後で踊っている。

左納や久保城議員の謀略をどうにかして暴きたかった。

インターネットは国家権力に管理されている。他の手段はないのか。まとまらない考えが頭に湧いては消える。

ニュースは、米軍の空母の動きを伝えていた。沖縄にいた空母が東シナ海に展開し、もう一隻の空母がハワイから出て東北地方の沖合に来ている。二隻の空母が日本周辺にいるのは、訓練のため偶然である、と米軍は説明していたが、アジアの国々は敵対的な威圧行動だと抗議していた。

米軍は即応態勢を整えた。首都壊滅が起きる。左納はどこにいるのか。

左納に後ろ手にねじられて動けなくなった感覚がよみがえる。左納には勝てない。

勝てないが、逃げはしない。

樽下を狙撃した左納は、どこから樽下を尾けていたのか。

そもそも樽下は、どうやって隼人の居場所を知ったのか。小絵が借りたアパートの住所を、隼人はまだ職場に届けていないのに。

アパートから離れたパーキングにバイクを停めている時に、樽下は声を掛けてきた。

バイクか。

カワサキZ六五〇を思い浮かべた。バイクにGPS発信機が取り付けられているのだ。マップ上でバイクの位置が動きだすと、隼人が行動しているとわかる。街頭の監視カメラをリレーして捕捉するのは簡単だ。樽下はどこかのタイミングで発信機を仕掛けていたのだろう。

左納も隼人のバイクに発信機を付けていた。南青山のエイクマン邸を探った時、停めていたバイクに発信機が付けられていたので、踏み潰した。あれは左納たちが取り付けたものだろう。

しかし、エイクマンのようなベテランのCIAエージェントがいて、隼人程度の新人公安部員に気づかれる取り付け方をするものなのか。隼人が見つけた発信機は、おまえの尾行はバレているぞと威嚇《いかく》するためのダミーであって、本当の発信機は別の見つからない所にちゃんと取り付けてあるのではないか。つまりあのバイクには、樽下の発信機も、左納の発信機も、きちんと付いているのだ。

まったく、もてあそばれている。悔しそうに顔をしかめた。

「バイクか……」

発信機が付いているのなら。

バイクを走らせれば、何らかのかたちで、あちらから食いついてくるだろうか。たとえば、バイクで、エイクマンの自邸や、平河町にあるオフィスに乗りつけるとか。やつらの先手を打ってかき回してやるというのはどうだ。それで左納か、仲間かが出てくるかもしれない。反撃する突破口ができるかもしれない。

そう思い至ると、じっとしていられなくなった。

隼人はノートパソコンをシャットダウンした。薄暗い場所でたたずんでいるより、黒い濁流に飛び込むほうがマシだ。ズボンのポケットにはバイクのキィがあった。カーテンの隙間《すきま》から覗き、庫裡に灯りが点いているのを確かめた。

山道を下って玉川上水の駅まで行けば、そこから一時間で高円寺のバイクを置いてあるコインパーキングに着く。

ここから駅まで、山道を歩けば一時間。庫裡の軒下にあるスーパーカブを拝借すれば十五分。隼人は、カーポートに自転車が置いてあったのを思い出した。自転車なら三十分で駅へ行ける。

そっと離れを抜け出し、庭の隅にあるカーポートへ忍び入った。小型自動車の脇にママチャリがある。隼人は、庫裡に近づかないように、自転車を押して山門を出ると、肩に担いで石段を下り、ふもとへの道を自転車で走った。

玉川上水駅から電車を乗り継ぎ、高円寺の駅に降りたのは、十一時近かった。アパートや住宅が密集する街に人の行き来はなかった。アスファルトが街灯を映している。バイクを停めたコインパーキングのそばまで来ると、隼人は、二の腕がちりちりと鳥肌立つ感覚に、足を停めた。嫌な予感。不穏な気配がある。

息をひそめて人けのない街角を見まわした。人影がないのを確かめて、コインパーキングに入ると、駐車料金を精算し、バイクにキィを差し込んだ。

背後に人が立った。

振り返ると、公安部の小此木警部補が見つめていた。隼人は周囲を見渡した。他に警察官はいない。小此木は薄笑いを浮かべている。

「こんな夜更けにどこへ行くんだ？」

隼人は小此木に向いて立った。小此木は真顔になった。

「心配していたぞ。何でも俺に相談しろと言っただろ」

「警部補は一人で張り込んでいたんですか」

「張り込んでいた連中は俺が追い払っておいた」

電車を乗り継いで移動しているところを捕捉されたのだ。顔認証追跡システムを使ったのだろう。隼人が移動する情報は、小此木が独りで握ったようだ。

「逮捕の手柄を独り占めですか」

「確保はしない」

「何が狙いなんです？」

「訊いただろ。どこへ行くんだ？」

「家へ帰るんですよ」

ふん、と鼻で笑った。

「帰ってもお姉さんはいないぞ」

「元々私しかいません」

「いや。お姉さんは仙台にもいない」

「どういう意味です？」

「お姉さんの居所がわからない」

「わからないって……」

小此木は肩をすくめた。

「俺が捜していたのはおまえで、おまえのお姉さんじゃない」

隼人はバイクに跨《またが》った。

「家へ帰ります。嘘《うそ》だと思うなら、ついてきてください。車があるんでしょう?」

「待てよ」

小此木の目に不穏な影がさした。右手が腰のほうへと上がる。隼人はエンジンを掛けて、アクセルを開いた。急発進して小此木を撥《は》ね飛ばし、街路へ出た。小此木は立ち上がろうとしてアスファルトを転がっている。隼人は夜の街へ走りだした。

小絵が気がかりだった。だがそれは境や左納の罠《わな》かもしれない。

胸ポケットでスマートフォンが震えている。バイクを路肩に停めた。

「菊池だ。どこにいる?」

そちらでつかんでいるでしょうと言おうとして、菊池たちの機能は壊滅しているのだと思った。

「自分のバイクに乗っています。左納をあぶり出して、決着をつけます」

「左納なら出てきた」

「えっ」

「こっちに合流しろ」

通話が切れ、マップのデータが送られてきた。

浜松町界隈《かいわい》だ。

隼人はヘルメットを被り、スロットルを開くと、路肩から道路へ走り出た。

6

井ノ頭通りを東進した。夜半を過ぎ、肌寒い。前を行く車を追い越していく。

菊池と合流してはいけない、と思いなおした。このバイクには左納もGPS発信機を取り付けているだろうから、それを逆用して接近するつもりだった。浜松町へ行けば、菊池の居場所を左納に教えてしまうことになる。

速度を落とした。

菊池とは別の方法で左納に迫るしかなかった。

エイクマンの自邸かオフィスへ飛び込んで行こうと考えていた。しかし、小此木が現れた。自分の動きは既に久保城や左納に捕捉されている。小此木の言葉が気に掛かった。小絵の居所がわからない。罠の言葉だろうか。

コンビニの駐車場に入って、ヘルメットを外した。スマートフォンで小絵に通話をつないだ。呼び出してすぐに応答があった。

「隼人、どこにいるの？」

小絵が不安な声でたずねてきた。

「こっちは大丈夫だから。姉さんこそ、どこにいるの？」

「境先生の部屋に、お世話になっているの」

西麻布ステートマンション四〇五号室。中国大使館近くの高級マンションだ。

「どうしてそんなところに？」

「警察の人がわたしにつきまとうのよ、隼人のことで。それを崇さんから聞いて、境先生が、しばらくうちへ来いって仰《おっしゃ》ってくださって。久保城先生の筋から警察に話をしておいてやるって」

「犯罪になることは何もしてないよ。姉さん、そこを出て、仙台に帰っておいて」

「仙台の復興住宅は、退去手続きを済ませてきたわ」

もう帰る場所はないのだ。

「隼人、何もしていないのなら、ちゃんと出ていって、自分の口で説明なさい」

隼人は通話を切った。

小絵が無事なのには安心した。だが小絵は境や左納に捕まってしまった。隼人の行動を封じる人質であり、左納の計画の手駒の一枚なのだ。こんな状況では、独りで攻めても何の効果もない。隼人はスマートフォンの電源を切った。小絵と通話したことで、通信はこの後リアルタイムで傍受される。菊池からの着信は受けないようにしなければと思った。

ヘルメットを被り、ふたたび東進しはじめる。

どこへ向かうか。

菊池が示してきた浜松町へは行けない。小絵が居る西麻布へも近づけない。それでも、そのどちらにもすぐに駆けつけられるようにしたかった。先ずは、バイクを調べて、発信機を取り外さなければ。

甲州街道の手前で、後方から、ヘッドライトをハイビームにした車が煽《あお》るように迫ってきた。

シルバーのマークX。警視庁の捜査車両だ。対向車のライトが運転席を浮かび上がらせる。小此木だった。緊急点滅灯を出さずに猛追してくる。

隼人は速度を上げたが、前を走る貨物トラックに行く手を塞がれた。小此木が迫ってくる。追突されたらトラックの後尾に飛び込んでしまうだろう。隼人は対向車線に出た。加速してトラックを追い越す。対向車がライトをパッシングし警笛を鳴らして突っ込んでくる。隼人がトラックの前に割り込んだ途端、前方の交差点が赤信号になった。減速したが間に合わず、交差点の中央に滑り出て横転した。発進しようとした車列が急ブレーキを踏んで怒号のような警笛を鳴らす。隼人は必死になってバイクを起こした。

停車した貨物トラックの後ろから、マークXが対向車線に出た。運転席の屋根に、緊急点滅灯を乗せて、サイレン音を鳴らす。小此木は他の警察車両を集める気になったのだ。ゆっくりと交差点に入ってくる。

隼人はバイクに跨って急発進した。脇道へ折れた。一戸建ての家屋が並ぶ住宅地を、車一台が通れるほどの狭い道が縦横につながっている。右左に曲がりながら走った。後を追ってくるライトはないが、警察は緊急配備してこの区画を封鎖するに違いない。ここから離れて早くバイクを乗り捨てなければと焦った。

前方に、車の行き交う道路が見えた。三一八号線かと思った。脱《ぬ》け出せそうだった。住宅の間を進んでいくと、四つ辻《つじ》に、ふいに黒い高級車が横切るように現れて停まり、隼人の前進をさえぎった。隼人は急ブレーキを掛けた。

運転席のスモークガラスが下りた。

「乗れ」

義兄の崇だった。

隼人は振り返って、後方の四つ辻をパトカーが横切るのを見た。

「早くしろ」

隼人は崇の緊張した顔を見た。どうして？　どうやってここへ？　疑問は口にせず、ヘルメットを脱いだ。崇や境が警察捜査用のGPSデータに触れることはできない。

小此木と連携して動いているのだろう。小此木が崇のところへ上手く追い込んだといってよい。

隼人は訊いた。

「どこへ行くの？」

「小絵のところだ」

境のマンションなら、左納に捕まるのと同じだった。崇は急《せ》かすように言った。

「警察の留置場がいいのか。二度と出られないぞ」

警察に捕まれば副総監殺しの犯人にされる。

サイレン音が近づいてくる。隼人は、塀際にバイクを置いた。

7

深夜。浜松町の東、竹芝ふ頭の北端。

汐留川《しおどめがわ》水門にぶつかる路上に、古いセダンが前後に連なって停まっている。どちらも格安のレンタカーで、菊池と、大島、貴地野が人目を避けて合流していた。

河口の風は冬に戻ったように凍《い》てついている。二台ともエンジンを切って、寒さのなかで息を潜めているふうだった。

高層のノースタワーの灯りが降る道路を、南から、青いコンパクトカーが近づいてきた。

二台の後ろに停まり、助手席から南洲が降りると、後部座席の荷物を出した。使い古したテーブルクロスに包んであるが、狙撃銃L96A1、奥利根湖で菊池が使用したものと同じ型の、ボルトアクション式軍用狙撃銃だった。南洲は、デニム地の買い物バッグも手に提げていた。手榴弾と、補給の銃弾が入っている。

前の車から、菊池が降りて、コンパクトカーの運転席に寄った。ウィンドウが下りて、安行警部が見上げる。菊池は言った。

「宮守が来ない」

「世田谷で警察に発見されて逃走したわ。羽根木の住宅街で、バイクが見つかった。現在も捜索中よ」

南洲が、狙撃銃を菊池の車の後部席に入れ、前の車の大島と貴地野に銃弾と手榴弾を配った。

「手に入ったのはこれだけだ。通信器はない」

そう言うと、車の屋根越しに菊池に声を掛けた。

「あの若いのを待ちますか？」

菊池は首を横に振った。

「行こう。別の場所に移される前に」

安行は、もう一度確かめたいという顔で、

「大丈夫ですね？」

と訊いた。物流倉庫は左納の仕掛けた再度のトラップではないのかと疑う気持ちが消えないのだ。菊池は言った。

「壊滅させた相手に二度は仕掛けない」

「でも、警戒はしているでしょう？」

「核爆弾を見つければ、派手にやる。火の手が上がったら、警官隊を投入して、爆弾を押さえてくれ」

「ええ」

「こちらが返り討ちにあえば」

「処理班はいつでもスタンバイしています」

安行はウィンドウを上げると、路上でUターンして走り去った。

菊池の車の運転席に南洲が就いた。菊池は後部座席に座り、自分のＦＮブローニング・ハイパワーを点検し、狙撃銃Ｌ96Ａ1に銃弾を装填した。

左納が白いワンボックスカーで入った物流倉庫までは一キロ足らずの距離だった。

侵入、あるいは急襲して、トランク型核爆弾があれば、使用できないように損傷を与え、後は警視庁で押さえる。左納がいれば、その場で抹殺する。

南洲はバックミラーを覗いた。

「あいつ、やっぱり来ませんね」

大島の運転する車がウィンカーを出し、Uターンした。南洲はエンジンを掛けて後に続いた。

芝離宮の北辺を西へ走った。浜松町駅の西側を南下し、田町駅を過ぎてから、東進して、芝浦ふ頭の首都高速一号の下へ戻った。

高架下の都道を北上する。左手に、都道と運河に挟まれて、古い物流倉庫が見えた。コンクリートの箱型。車両の出入りする正門は鉄の門扉が閉ざされ、鉄柵を隔てた敷地内は防犯灯に照らされている。倉庫の出入口には大きなシャッターが下りていた。データでは、地上三階、地下一階。与党義民党議員、久保城の後援者である境の会社が所有する倉庫だが、老朽化して、現在は稼働していないはずだった。

大島は倉庫の横を通り過ぎて、路肩に停車した。南洲はその後ろに停めた。

大島と貴地野が降り、ガードレールを跨ぎ、歩道を歩いて戻る。倉庫の敷地と、隣接するマンションと倉庫の間の細い道に、大島が先導して入っていく。中国公安部のチョウを襲おうとしてリー・ジングーが現れた場所だった。菊池は狙撃銃をテーブルクロスに包んでドアを開けた。南洲が続く。大島たちが入っていったあとを辿《たど》った。

鉄柵の一角に、小さな門扉がある。施錠されているらしく、大島は、門扉のノブに足を掛けて、鉄柵を乗り越え、敷地内に飛び下りた。

倉庫の薄汚れた壁に、コンクリートの非常階段。その陰に、一階の鉄のドアがあった。大島はドアが解錠できるかを見て、非常階段を二階へ上がった。一階のドアには防犯装置が付いているのだろう。大島は二階のドアを解錠し、手招いた。

貴地野が先に立ち、菊池と南洲は間をあけて続いた。

二階に入ると、暗闇に包まれた。菊池は狙撃銃を出し、目を闇に慣らした。

曇り硝子の窓から街灯の灯りが射し込んでいる。

地上三階、地下一階は、トラックも行き来できる幅の広いスロープでつながっている。

二階の、がらんとしたコンクリート床には、備え付けのクレーン、運搬台、フォークリフト、円筒形のドラム缶が横倒しされて並んでいる。廃棄された物が放置されて影と冷気のなかに沈んでいた。

奥の壁には、大型エレベーターと、階段。

足音を忍ばせて床を横切った。階段まで来ると、大島と貴地野は下の階へ、菊池と南洲は三階へと分かれた。

三階にも空虚な闇が広がっているだけだった。壁際に、平台車やコンテナ用台車が乱雑に積み重ねられている。菊池は南洲の前に立って、階段を下りていった。

一階には、床の奥に、事務室があった。ドアもガラス窓も閉め切ってある。真っ暗で、人の気配はない。

菊池は、階段で地下へ下りろと手で南洲に示し、自分は床を横切って、スロープを下りていった。

窓からの灯りがにじむスロープに、菊池の影が長く伸びた。菊池は、地下へのスロープの途中で立ち止まり、濃い闇がよどむ地下を覗いた。

床の中央に、白いものが、ぼんやりと見える。ワンボックスカーが停まっている。右手の奥に、ほの明るく浮き上がる長方形は、階段の出入口で、そこから二つの影が車へ近づいていく。大島と貴地野だ。

菊池は、車の背後の深い闇溜まりを見つめた。菊池のいるスロープからは、およそ二十メートル先。黒々とした何か大きな物が置かれている。土砂やゴミを運ぶ舟形コンテナ。トラックに積む、鉄製のコンテナだった。

菊池は、闇の氷塊のようなコンテナに感覚を集中させた。

張り詰めた空気がある。

硬い物が触れ合う微かな音。

菊池はL96A1を構えて引き金を引いた。銃声が響き、コンテナの鉄板に火花が飛んだ。

大島と貴地野がワンボックスカーのこちら側に駆け込んだ。

舟形コンテナの上縁に、銃火が閃《ひらめ》く。銃撃戦が轟然《ごうぜん》と起こった。車のボディやウィンドウが銃弾に穿《うが》たれ、砕ける。大島と貴地野は車の陰から拳銃を撃つが、狙い撃ちされて身を守るので精一杯だった。

コンテナには三人の狙撃手が隠れている。

階段から南洲が応射する。

菊池はスロープの端に退いてコンテナの銃火を狙った。

激しい銃撃に、跳弾が生じて、闇を裂く音が行き交う。菊池は銃火の閃きを待って撃った。一人、沈黙した。

敵はやはり待ち構えていたのだ。コンテナの三人だけではないだろう。菊池は弾《たま》の切れた狙撃銃を置き、FNブローニングを手にして、スロープを一階へ引き返した。

床の奥、階段の出入口に、男の影があった。南洲ではない。菊池は片膝をついて撃った。男の影は倒れた。菊池は、階段を確保しようと床を移動しはじめたが、事務室の窓ガラスが割れた。事務室から、狙い撃ちしてくる。応射して後退し、スロープから狙撃銃を取って戻った。ロングコートのポケットに、狙撃銃の補充弾は三発残っている。装塡し、構えた。割れた窓に銃火が閃く。引き金を引いた。事務室で物の倒れる音がして、静かになった。

地下で爆発音が響いた。誰かが手榴弾を投げたのだ。残響が消えると、倉庫内は静まり返った。硝煙の臭いが満ちている。菊池は狙撃銃を手に、スロープを下りていった。

8

大島は、白いワンボックスカーの前輪の陰にうずくまって、静寂に耳を澄ませた。大島の投げた手榴弾の残響が耳底でうなっているだけで、自分の息遣いの他は何も聞こえなかった。

一階へ通じるスロープに人影が伸び、狙撃銃を手にした菊池が下りてくる。狙撃銃を構えてコンテナを狙い、壁際を進んできた。

反対側の壁に沿って、階段から、南洲が拳銃を構えてコンテナに近づく。南洲は、コンテナのなかをのぞきこんだ。

「制圧完了」

大島は、ふうっと息を吐いた。車の後輪に身を隠していた貴地野に声を掛けた。

「大丈夫か」

「はい」

貴地野は車にもたれ、拳銃をホルスターにおさめた。銃撃戦のあいだ、貴地野は余り応射しなかった。狙い撃ちされていたので反撃できなかったのもあるが、応戦するよりも、スロープから狙撃する菊池を眺めているふうだった。怖気《おじけ》づいたか。大島は貴地野の横顔を見た。暗がりに青白く浮かぶ顔に感情は読めない。大島はガラスが砕け落ちた窓から車内を確かめた。後部は席を折り畳んで荷物を置けるように平らにしている。そこには何もなかった。

「他所へ移された後だ。それとも、また、おとりを追わされていたか」

スライドドアを開けようとして、腕を貴地野につかまれた。

「ドアに仕掛けがあるかもしれません」

「開けたらドカンか？　車体は既にハチの巣だろ」

それでもドアを開けるのは止めて、破れた窓から首を入れた。座席の下にも、ガラスの破片しかなかった。

また判断ミスをやってしまったかと思った。この車は初めからおとりだったのか。あるいは、大島たちがここを離れた直後に別の車で核爆弾を他所へ移したのか。貴地野が言った。

「待ち伏せていましたね。この車を目立つように置いて」

大島は首を傾《かし》げた。

「甘いトラップだな。俺たちを制圧せずに、逆に制圧されちまった。兵隊も不足してる。ただの時間稼ぎか」

上の階で物音がした。大島は顔を上げて周囲を見まわした。

ものの焼ける臭いがする。はっとして、走りだし、階段を駆け上がった。

「大島さん？」

貴地野の声が追う。

臭いと熱気が階段を下りてくる。二階の床が炎に包まれていた。大島は、続いてきた貴地野を押し戻し、一階に出た。自分たちが入ってきた二階の裏口ドアへ行こうと、スロープへ回ったが、二階は激しく燃え上がっている。二階の床にドラム缶が横倒しになっていたのを思い出した。ガソリンを入れていたのだ。熱風が押し寄せた。ドン、と爆発の振動が建物を揺さぶり、炎がスロープを流れ下りてきた。

倉庫出入口の大きなシャッターへ走った。壁の開閉ボタンを押しても動かない。元の電源が切られている。手で持ち上げようとしても、びくとも動かない。炎がスロープから一階へと広がってくる。熱気を吸って咳き込んだ。

菊池が横に立った。狙撃銃を上方に構え、炎の向こう、スロープの壁にある高い窓を狙う。

「伏せろ」

大島は床にうずくまった。菊池が窓を撃った。炎が火球となり、一瞬で膨れ上がり、爆発した。大島の眼前は炎に覆われた。次の瞬間、炎は破れた窓から吸われるように外へ噴き出し、一階に闇が戻った。シャッターが暴風に打たれたようにガタガタと波打つ。菊池はシャッターのロック部分を狙撃銃で撃った。南洲と貴地野が駆け寄ってシャッターを持ち上げる。開いた隙間から、四人は外へ転がり出た。

消防車とパトカーのサイレン音が近づいてくる。

「大丈夫か」

菊池は声を掛け、侵入した裏口へと走りだす。

倉庫の幾つもの窓から火柱が激しく吹き上がっている。

大島はコンクリートの地面に手をついて起き上がった。ふと見ると、閉ざされた正門の外の歩道を、男が足早に通っていく。リー・ジングーだ。大島は、貴地野に声を掛けた。

「先に行ってくれ。後で合流する」

菊池たちと反対方向へ走り、正門の鉄扉を乗り越えて歩道に下りた。

リーの後ろ姿が、運河の橋を渡っていく。

大島は小走りに追った。

消防車が警光灯を点けサイレン音を鳴らしてすれ違う。リーは振り向きもせず足を速める。大島は追いつき、拳銃を背中に突きつけた。リーは振り向きざま大島の手首を打った。拳銃が歩道に落ちる。リーは自分の拳銃を腰だめに構え、大島に銃口を向けていた。殺気を宿した兵士の目が大島を見据える。大島は言った。

「おまえ、どこの所属だ？」

リーの目に嘲笑の色が浮かぶ。

大島は、何を言っても時間稼ぎにはならない、撃たれるのだ、と知った。

大島の視界には、倉庫のほうから走ってきたシルバーの乗用車が、大島の横を通り過ぎ、路上をUターンして、戻ってくるようすが入っていた。車は、大島に銃口を向けるリーの後方から速度を落として近づいた。助手席のウィンドウが下りる。リーが大島に言った。

「サヨナラ」

車から銃声が鳴り、リーは側頭部から血を吹き出して橋の手摺《てす》りに叩きつけられるように倒れた。

大島は停まった車を見た。運転席に女がいる。チョウ・イーシュアンだった。拳銃を下ろし、大島に言った。

「そいつを片付けて」

大島はリーを抱き上げて、運河へ落とした。歩道に落ちたリーの銃も投げ捨て、自分の拳銃を拾い上げた。助手席のドアが開いた。パトカーが連なって橋を渡ってくる。

「急いで」

大島はガードレールを跨いで助手席に乗った。チョウ・イーシュアンは車を出した。消防車とパトカーが取り巻く倉庫は炎に包まれている。チョウは首都高速の高架下を右折して、芝浦ふ頭を南下した。

「なぜあの男を撃った？」

「借りを返したの」

大島は、この女は俺に助けられたことに恩義を覚えているのかと思った。

「気にしなくていいぜ」

チョウは鼻で笑った。

「借りがあったのは、あの男、リー・ジングーに。わたしは、リーに借りを返した。目には目を、というやつ」

しばらく黙ってから、言った。

「リーのチームは、古い起爆装置を、水質研究所で、核爆弾にセットしなおしたわ。キャンプ座間のフクナガの指揮で」

「爆弾はどこにある？」

「さっきの倉庫から境のマンションへ移した」

「西麻布の？」

チョウはうなずいた。車は路肩に停まった。品川駅のそばだった。

「降りて」

大島はドアを開けた。

「どうして教えてくれたんだ？」

「これであなたへの借りは返した。わたしは、この件に、これ以上は深入りしない。この件に、中国は関係がないので」

大島が降りると、車は深夜の街に走り去った。大島はテールランプに言った。

「あとはFでやるよ」

9

左納はパーカーのポケットから小さなピルケースを出して錠剤を口に含んだ。洗面所の鏡に映る自分は頭痛に眉根を寄せている。うがい用のコップを取り、水道水で飲み下した。

脳にナイフの刃を突き立てられたような痛みは、薬を飲めばすぐに治まる。錠剤はあと僅《わず》かしか残っていないが、薬を処方してくれたシンガポールの医師のところへ行く時間的な余裕はない。

実行の時間だ。

蒼《あお》ざめた自分の顔に向かって胸中でつぶやく。

米艦隊は日本の周辺で即応できる体制に入っている。中国もそれを察して東シナ海に機動部隊を展開する準備に入った。この計画が成れば、在日米軍は即座に自衛隊を指揮下におさめ、日本を戒厳下に統制する。災害の国、人災の国は浄化される。

しかし、あの影どもは蛇のようにしつこく絡んでこようとする。時間との争いになってきた。政府がもし新型コロナウイルス対策で緊急事態宣言を出して、東京がロックダウン（都市封鎖）に近い事態になれば、計画の実行に差し障りがでる。

左納は凄《すご》みを宿した自分の目を見返す。頭痛よりも焦りを抑えなければならない。

トイレを出て、居間に戻った。

南青山、デイ・エイクマン邸の一階。

木目調のインテリアで統一された居間は、ホームパーティーをするのに充分な広さがある。大きな窓に厚いカーテンをひいて、計画開始直前の空気が張り詰めている。

部屋の隅、L字形に置かれたソファに、鳥井と、米陸軍CSM（コマンド・サージェント・メジャー）のフクナガがいる。黙り込んだ顔に苛立ちがみえる。

離れた壁際の大型テレビには、二十四時間放映のニュース番組が映っている。その前に、樫《かし》材のダイニングチェアーを置いて、初老の白人男性がバーボンのグラスを手に座っている。ワシントン・メイン・タイムズ東京支局長のデイ・エイクマン。CIAの東アジア・エリア統括管理官。古参の元締めといった存在だった。白髪、赤ら顔。鷲《わし》を思わせる顔が、新型コロナウイルスの情報に見入っていた。今年予定の東京オリンピック、パラリンピックが来年に延期になった。世界の感染者は三十七万人に迫ろうとしている。

左納は腕時計に目を落とす。午前二時半を回っている。

鳥井が言った。

「リーは遅いな」

フクナガは、卓上に置いた自分のスマートフォンをちらと見て、

「電波が通じない」

と英語でつぶやいた。

芝浦ふ頭の廃倉庫で罠を張ったリー・ジングーから、何の報告もない。尾行されたことを逆手に取って、敵を殲滅《せんめつ》できる。少なくとも、ダメージを与えて時間稼ぎができる。リーはそう言って、特殊部隊の狙撃兵を連れていった。

リーはやはり計画とチームワークに穴をあけるマイナス要因だ。左納は冷ややかな

気持ちで、単独行動の計画を脳裡に浮かべる。

　鳥井は前屈みになり、神経質に視線を卓上に走らせた。

「返り討ちに遭ったということか。中国側がそこまで介入してくるとは」

　左納は言った。

「あいつらだ」

「Fか？　叩き潰したじゃないか」

　フクナガが左納を見上げた。

「リーは戻らない。それで、計画は、どうする？」

　軍事顧問、作戦パートナーとして、冷静に状況を見極めようとしている。リーがいなくても開始できるが、阻止しようとする組織に追いつかれてしまったのではないのか。フクナガは計画を中止することも選択肢に入れたようすだった。

　左納は言った。

「準備は整った。発動時刻を前倒しして、夜が明けたら開始しよう」

　フクナガと鳥井は、ちらと視線を交わした。逡巡《しゅんじゅん》があるのだ。左納に賛成する目ではない。

　ダイニングチェアーで、デイ・エイクマンはグラスの氷を鳴らし、

「日本政府は緊急事態宣言を出す準備を始めた」

と流暢《りゅうちょう》な日本語で言った。硬質でよくとおる声だ。

鳥井が顔を向けて言った。

「日本の法律ではロックダウンはできません」

左納が言った。

「いずれにせよ、米軍が指揮をして、戒厳令を敷く手筈《てはず》だ」

エイクマンはグラスを持つ手をチェアーの肘《ひじ》掛《か》けに置いて左納を見た。

「左納さん、計画の話ではありません。この国の、世界全体の、情勢の話です。核爆破で国家の機能を破壊して、その結果、日本でコロナウイルスの爆発的感染が起きると、それは世界に広がる。米軍は上陸し統治することをためらうでしょう」

新型コロナウイルスのニュースを延々と流す画面に目を向け、

「アメリカ本国は重大な状況だ。ネイビィの病院船はニューヨークから動けない。空母でも感染者が出た。なによりも、経済が破綻寸前になって、コロナ対策で国家の財政も逼迫《ひっぱく》する。こんな状況では、とても他国に構っていられない」

左納は、くだらない冗談を聞いたように、苦笑いした。

「テロリストにも自粛要請ですか。私は独りでも決行しますよ。あとはボタンを押すだけだ。都市封鎖もできない弱い政府より、米軍指揮下で外出禁止を徹底するほうが、疫病も早く終息する」

「左納さん、米軍が手を引けば、首都も政府も失《な》くした日本はカオス状態になる。中国軍の急襲、侵略という事態を招くかもしれない。それでもやりますか」

家の前に車が停まる音がする。四人は、はっと耳を澄ませた。玄関の呼び出しベルが鳴る。

「リーか」

鳥井が立って出ていった。残った三人は黙って外の気配を探っている。玄関で男たちの声がして、玄関脇の応接室に人が入ったようだった。

鳥井が、男を一人連れて戻ってきた。久保城議員の後援者、境岩次郎だった。境は、左納やフクナガをじろりと見て、エイクマンに目を留めた。

「例の計画はまだ動いているんですか」

責めるような口調だった。

「やるというのなら、久保城先生と私は、これから東京を離れます。しかし、政府は緊急事態宣言を出す方向で固まっている。閣僚がこのタイミングで東京を離れて地元には帰りづらい。こんな状況でも、やりますか」

エイクマンは無表情にもみえる生真面目《きまじめ》な顔で言った。

「久保城先生は臨時政府の首班となる人だ。仙台に戻っていてください」

「いや、しかし、延期しないのなら、先生は、この計画から降りると仰っている。そうなれば、計画の存在が外に漏れることだってありますよ」

境は脅すように言い、小狡《こずる》い色を浮かべた。久保城議員は、ウイルス禍に呑まれて先が見通せない状況で、国家を乗っ取ることに恐れを抱いたのかもしれない。

「境さん、先生は応接室に？」

左納が訊いた。境はわずらわしそうに、

「ああ」

とうなずいた。

「一度お目にかかって挨拶したいと、境さんにずっとお願いしていたが。ちょうどいい機会だ」

「そんな場合じゃない」

「会っていただけないのか？」

「先生が実行部隊の兵隊と会った事実など、残せるわけがない」

境は吐き捨てるように言う。左納は動じたふうもなく、

「計画でご心配な点は私から説明しよう。どうせ捨て駒の一兵卒だ。会っても支障はないでしょう」

左納の静かな気迫に圧《お》されて、境は一歩退いた。

「五分だけだぞ」

くるりと背中を向け、左納を先導した。

10

玄関脇の応接室は、革張りのソファとテーブルのセットを据えている。壁際のアンティークなコンソールテーブルには、エイクマンが訪日した有名人と写っている写真が並んでいる。

奥のソファに、復興担当大臣の久保城励造が、入口を向いて座っていた。境の後から左納が入っていくと、誰何《すいか》するような尊大なまなざしを投げた。境はドア横の壁際に退いて言った。

「実行隊の左納です」

久保城は、末端の使い捨て要員が何の用だという苛立ちをあらわにした。左納は後ろ手にドアを閉めて久保城を見下ろした。

「久保城先生、ご無沙汰しています」

「君に会ったことはないぞ。この事態だ。私は東京に居る。計画は延期だ。それが嫌なら私は降りる」

居丈高にそう告げた。左納は落ち着いた薄笑いを浮かべた。

「後戻りはできません。粛々と事を進めるだけです」

久保城は怒りで顔を強張《こわば》らせた。

「もし米軍が降りたら、私は梯子《はしご》を外されたかたちになる。そうなれば、ただの反逆者じゃないか。この数日で世界情勢は様変わりした。どこの国も国難に直面していて、自国のことで手一杯だ」

「米軍は既に領海内で待機しています。先生は仙台へお移りください。臨時政府が仙台に起こった時に、首班となる先生が居なければ。世界の流通が止まっている今が、世界を変える最高のタイミングです」

久保城は一瞬その考えに引き込まれたのか左納を見上げて黙った。左納はうなずいた。

「東京湾で核爆発が起これば、地上五十メートルの津波の壁が、時速四百キロの勢いで、湾岸と隅田川沿岸の建造物を打ち壊します。直後に二千度の炎が瓦礫を焼き払う。大掃除の後にできた広大な更地は、先生の計画通り、国際的な流通特区に生まれ変わる。コロナ禍が収まる頃には世界は新しい時代になっています」

久保城の顔がまた怒りで険しくなった。

「兵隊が偉そうに。大局的なことを口にするな。だいいち、おまえ自身が、そんなに上手くいくとは信じていないんだろ？」

まなざしに侮蔑の色が浮かぶ。

「左納、おまえのことは調べてあるんだ。日本を革新するなんて本気で言ってないだろう」

「私の何を調べたと？」

「日本に戻る前に、シンガポールで脳外科医の診察を受けていたな。脳腫瘍で余命半年だそうじゃないか。違うか？」

左納は無言だった。

「死に花を咲かせに日本へ帰って来たのか。おまえは最期《さいご》に、派手に打ち上げ花火を上げたいだけだ。地球の裏側からでも見えるような」

左納の瞳に、久保城を憐《あわ》れむ色が現れる。静かに言った。

「私の志を信じてもいないのに、あなたはそれに便乗したのか」

「方向性は一致していたからな。しかし状況は変わった。大掃除などと言ってる時機ではない。すぐに中止しろ」

左納は、これ以上の議論は無駄だと納得した顔になった。

「久保城先生は、私のことを調べたと仰ったが、どこまでさかのぼって調べたんですか？」

「おまえは、自衛隊をドロップアウトして、テロリストへの道に転がり落ちたそうじゃないか。国を憂う志なんかあるもんか」

と顔をしかめた。左納は乾いた笑いを返した。

「調べるのなら、もう少しさかのぼってみればいいのに。私は、左納博史《ひろし》の息子だ」

「誰だ、それは？」

「昔あんたが殺した男だ」

「馬鹿らしい。聞いたこともない名前だ」

久保城の声が少し弱くなった。話の流れに警戒しているようだった。左納は言った。

「阪神・淡路大震災の後、あんたは政府の復興担当官の一員として神戸に派遣された。その時、街の復興案をあんたに提出した左納博史だよ」

久保城の表情が硬くなる。

「知らんな。思い出せん。直接会ったことはない」

「一度、休みの日に、破壊された神戸港を案内しながらあんたに説明したことがあった。あの時連れていた子供が私だ。あんたは、私の父から盗んだ復興流通特区案を足掛かりにして、ここまでのし上がってきた」

久保城は、ああ、と声を出した。

「あの建築士か。思い出した。神戸港で自殺して見つかったと聞いた。私が本庁へ戻った後だ。何だ、君、被害妄想を膨らませた挙句、こんなテロリストになりましたというんじゃないだろうな」

厳しい顔つきになり、

「そんな昔話をしている時ではない。私は議員宿舎に戻る。計画は中止だ。境、行くぞ」

ソファを立とうとした。

左納は、懐からS&WのM629を抜いて、久保城の額を撃った。後頭部から脳が飛び散った。突き飛ばされたようにソファに背中をぶつけた。目を見開いて全身を痙《けい》攣《れん》させ、絶命した。

境が動物のような唸り声をあげて床に座り込んだ。

ドアが開いて、鳥井、フクナガ、エイクマンが飛び込んで来た。鳥井が声を上げた。

「左納、計画を自分の手で葬ったな」

左納は拳銃を懐に戻した。

「これも計画の一環だ。大掃除は街だけでは不充分だ。復興を私物化する人間のクズも片付けておく」

冷徹な目で、一人一人の顔を見渡した。

「夜明けとともに開始しよう」

エイクマンが困惑した表情で久保城の死体を見下ろした。

「これは犯罪行為だ」

「改革の大義のなかでは、政治行為だ」

「しかしここに額を射貫《いぬ》かれた死体がある」

「核爆発で消えるさ。後戻りはできない。皆さん、退避を始めよう」

境が震える声で、

「左納」

と怒鳴った。左納は冷めた目を向けた。

「境、これを犯罪にするなら、あんたも共犯だ。殺人と国家転覆共謀の罪だ」

境はパニックを起こして目が血走っている。

「私は、どうすればいいんだ」

「核爆発で亡くなった先生の志を継げ。仙台へ走れ。後援者は卒業だ」

11

隼人は目を覚ました。

疲れに体を押さえつけられているようで、眠れた感じがしない。寝ていた間も何かに追われている気がしていた。目が覚めたのも、何かが迫ってくる感覚に襲われたたからだった。五秒前の予知能力。

警察か。薄暗い室内に目を走らせた。

カーテンの隙間から光が漏れている。

壁際の床の上で、毛布にくるまって横になっていた。

一方の壁際にあるシングルベッドには誰もいない。姉の小絵はもう起きたのか。それとも、ここでは寝なかったのか。隼人は昨夜、義兄の崇に連れて来られた。小絵が、使っているベッドを譲ろうとしたので、ここでいいと言ってカーペットに横になった。すぐに眠ってしまい、小絵がベッドで寝たのかはわからない。

西麻布ステートマンション四〇五号室。境の部屋だ。居てはいけない場所で、かくまわれている。隼人は毛布を撥ね除《の》けて胡坐をかき、溜め息をついて壁にもたれた。

とうとう左納に囚われたか。

さっきから、何かが迫ってくる感覚がある。

左納なのか。不穏な予感の正体を探ろうと耳を澄ませた。

話し声がする。声をひそめて、言い争う男と女。隣りの部屋は、確か、ダイニングキッチンだった。そこで話している。崇と小絵のようだった。

隼人は立ち上がって、そっと仕切りドアのそばに寄った。ひそひそとささやく声で、内容はよく聞き取れない。崇が何かを説明して促し、小絵が反対し引き留めている。

そんな雰囲気だ。

無理よ、できない。もう持ってきたんだから、やるしかない。押し問答が続く。俺がクビにされてもいいのか。崇が声を荒らげ、またささやきに戻る。小絵の声が少なくなる。崇に説得されたのか。

これで境先生の秘書官になれる。崇の声は柔らかくなった。

隼人はドアを開けてダイニングキッチンに入っていった。

大理石の天板のテーブルの向こうに、崇と小絵が立っている。二人は、はっと隼人を見た。二人とも昨夜の服装のままで、顔に疲労があらわれている。隼人は言った。

「姉さん、そいつの言うことは聞かないで」

小絵は思いつめた顔で口を引き結んだ。崇が怒りの目を向けてくる。

「助けてもらっておいて、何だ。わけも知らずに口を挟むな」

「わけ？　教えてもらおうか」

「時間がない」

隼人は、小絵に向かって、首を横に振ってみせた。

「姉さん、駄目だ」

小絵は俯《うつむ》いた。

「行くぞ」

崇が小絵の腕をつかんで引いた。隼人はテーブルを回り込んだ。

「止《よ》せよ、義兄《にい》さん」

崇の拳が隼人の腹にめり込んだ。隼人は床に膝をつき、うずくまった。崇は小絵を玄関へ引っ張っていく。隼人は起き上がり、崇の腰にしがみついた。崇はよろめき、小絵は飛ばされて壁に背中を打ちつけた。崇は怒声を上げて隼人の背中を拳で殴りつけた。もつれあって玄関に倒れた。隼人は崇に馬乗りになり、胸倉をつかむ。崇が拳を突き上げて隼人の頬を打った。

「止めて」

小絵が隼人を後ろから抱きすくめ、引き離した。

小絵は二人の間に割り込んで、隼人を見た。隼人は崇を睨《にら》んだ。

「隼人、心配しないで。すぐに戻ってくる。大丈夫。待っててちょうだい」

「わけを聞かせろ」

崇は立ち上がって睨み返してくる。小絵が言った。

「崇さんが車を届けに行くの。わたしは別の車でついていって、崇さんを乗せて帰ってくるだけ」

「それだけのことなら、姉さんがためらうはずないだろ」

「本当よ。わたし、東京の地理が、わからないから」

「それならぼくが姉さんの代わりに行ってやるよ」

「隼人はここを出ては駄目。この仕事が済んだら、境先生にお願いして、隼人の疑いを晴らしてもらう。一緒に仙台へ帰りましょう」

小絵のまなざしに、隼人は言い返せなくなった。

「早くしろ」

崇がドアを開けて出ていく。隼人は、

「どこへ行くの？」

と訊いたが、小絵は答えずに靴を履いた。安心させるように、ちらと笑い、ドアを閉ざした。

隼人はドアを見つめていたが、自分が寝ていた寝室に戻り、窓のカーテンを開けた。朝の街が広がっている。眼下の街路に視線を走らせた。マンションの地下駐車場の出入口は、窓からは見えない。しばらくすると、出入口の方向から、二台の車が走ってきた。黒い高級車。境の車だ。ダークブルーの小型車があとに続く。二台は窓下を走り抜け、建物の陰に入って見えなくなった。

境の車をどこかに届けて、別の車で戻ってくる。

なぜそんなことをするのか。不穏な予感はあの黒い車から来ているのだ。

玄関のドアが開いて誰かが入ってくる音がする。

「宮守」

ダイニングキッチンで隼人を呼ぶ。隼人は窓辺で硬くなった。左納の声だった。

「取り返してきたぞ」

左納が呼びかけてくる。隼人は、唾を呑み込んで、ドアを開けた。

テーブルの向こう側に左納が立っていた。グレーのパーカーにジーンズというでたちのままだ。凄みのある眼光で隼人をまっすぐ捕らえた。

「何のことだ」

隼人が気持ちを振り絞って訊くと、左納は持っていた物を卓上に投げ置いた。

隼人のバイクのキィだった。

「姉さんを、何に巻き込んだ?」

左納は黙っている。

「境の車には何が積んである?」

左納の瞳に、おもしろがるような色が浮き出した。

「トランクに、死体が入っている」

「死体?　誰の?」

左納の口元に嘲笑がある。

「死体を積んだ車を放置しに行かされる。それを知らんのだ、あの夫婦は」

隼人は一歩出た。

「どこへ?」

「お台場だ。レインボーブリッジを渡って」

左納は背を向けて玄関へ歩く。

「宮守、元気でな」

ドアを閉めて出ていった。

隼人はドアを見つめた。足がすくんで左納を追えない。卓上のキィを見つめた。なぜバイクを取ってきた? 左納の目的は何だ?

トラップに決まっている。自分はどんな役割りの駒に嵌められたのか。バイクのキィがまるで爆弾であるかのように見つめた。

核爆弾と、死体。計画を阻止するか、姉を守るか、どちらかを選べ。左納はそう迫っているのか。

隼人の視線は閉ざされたドアに向く。自分は、姉を追うことはない。苦しげに顔を歪めた。お台場へ、ではなく、左納を追う。

ふと冷静な顔になった。いま、自分は左納の思惑どおりに、トラップに掛かっているのではないか。境の車と姉を追わない、と考えたことが。

車のトランクには死体が入っている。それは左納の嘘かもしれない。入っているのは、死体ではなく、左納が隼人に追わせたくないものではないのか。

崇は、車のトランクに、時限式起爆装置を付けた核爆弾を積んで、お台場へと走っている。崇が疑念を抱かないように、小絵の車を後ろに従えて。

「どっちだ」

苦しげにつぶやく。崇が運んでいるのは、死体か、核爆弾か。

隼人はキィを見つめる。

12

西麻布ステートマンション。

地下駐車場の出入口が見える路上に、大島は格安レンタカーを停めていた。

夜が明けて、建物の間から射す朝日に目を細めているうちに、うたた寝してしまった。

「大島さん」

後部座席の貴地野がささやく声で、はっと目覚める。

駐車場の出入口から二台の車が出てこちらへゆっくりと走ってくる。先頭の黒い高級車は境岩次郎の車だ。若い男の運転手がハンドルを握っている。ダークブルーの小型車が続く。運転席に若い女が一人。

大島が身を沈める前に、二台の車は手前の四つ辻を曲がっていった。

「追いますか？」

貴地野が訊く。境や久保城を迎えにいくのに、もう一台がついていくのは、おかしい。起爆装置を装着した核爆弾は境のマンションに移された。チョウ・イーシュアンのその情報が正しければ、境の車で爆弾を持ち出したのではないか。

大島は運転席に座りなおしてエンジンを始動させようとした。

二台の車と入れ替わるように、バイクが一台走ってきて、地下駐車場へ下りていく。カワサキＺ六五〇。宮守隼人のバイクだ。運転者はフルフェイスのヘルメットを被っているが、宮守ではない。ひと目でわかった。グレーのパーカーにジーンズの、左納だった。大島はマンションを見上げた。

「宮守はここにいるのか」

「どうなっているんですかね」

宮守隼人はＦに潜入した左納側のモグラだったのか。大島は混乱した。

「車を追いますか？」

貴地野がまた訊いた。境の車か、左納か。

「いま出た車は、おとり、かもしれん」

ここが見張られていることは左納にもわかっているだろう。大島は迷ったが、エンジン始動ボタンにのばした手を下げた。

「本命の左納をマークする」

しばらくして、左納が地下駐車場の出入口に歩いて現れた。

左納を待っていたらしく、黒いミニバンが来て、左納は助手席に乗った。運転する男は、船橋で貴地野が追って逃げられた人物だ。

「おまえの友達がいるぞ」

「止めてくださいよ」

貴地野は冗談に顔をしかめた。

ミニバンは四つ辻で境の車とは反対方向に曲がる。大島が尾けはじめると、貴地野はスマートフォンで菊池に状況を報告した。

「課長も我々に合流するそうです」

大島は、境の車が気になったが、左納さえ押さえればと黒いミニバンを見つめた。

首都高速三号線の下に出て六本木方面へ進んだ。途中で右折し、東京湾のほうへ東進する。そろそろ通勤時間帯だが、道路は、すいている。非常事態宣言の発令もあり得る事態で、交通量が減っているのだ。

芝公園を過ぎた。まっすぐ湾岸へと向かう。

「爆弾はあの中ですか」

貴地野は五、六台先のミニバンから目を離さない。

「どこにあるにしても、スイッチを押すのは左納だ」

大島はそう言ったが、頭の片隅に、境の車が、ちらと浮かんだ。スイッチは遠隔操作でどこにいても押せる。大島が尾けているのを左納が知っているなら、尾行を無防備に許すのは、この先にまた何かを仕掛けているからなのか。左納自らがおとりになっているのか。

左納か。境の車か。

賭けだな。大島は胸中でつぶやいた。

ミニバンはＪＲの線路を越えて芝浦に入り、運河の西岸を走る。

海運会社の門をくぐった。久保城が関わる流通グループの傘下にある会社だ。ミニバンは駐車スペースを抜け、会社ビルの裏手に回っていく。

大島は、門前で右折し、鉄柵に沿って走り、会社ビルの裏手が見える路肩に停まった。

会社ビルの裏手は、運河の船着き場だった。タグボートや、水先案内をするパイロットボートが並んでいる。ミニバンはその護岸に停まっていた。

左納と、運転していた男が、二人掛かりで、箱を一隻のパイロットボートに積み込んでいる。バーベキューで飲み物を入れておくような大型のクーラーボックスだった。

操舵《そうだ》室に慎重に運び入れる。

大島は助手席側の窓を下ろし、スマートフォンの盗聴用アプリを起ち上げると、鉄柵の隙間に向けた。金属質の雑音に、ガタガタと物のぶつかる音が混じる。操舵室から男と左納が出て、護岸に戻った。靴音。男がミニバンのドアを開ける音。

「三十分あれば充分だ。道路がすいているからな」

男の声がした。男は運転席に乗り、

「では」

とだけ言った。左納は無言でうなずき、ボートに戻る。

大島は車をUターンさせて門前に引き返した。

「左納は自爆する気だ。その前に射殺する」

車で門をくぐり、パイロットボートの後方から接近するために、会社ビルをミニバンが行ったのとは逆方向に回り込もうとした。

ビルの角からミニバンが飛び出してきた。避《よ》けきれずに、ミニバンの助手席に衝突した。

二台の車はボディを歪め、破片を撒《ま》き散らして停まった。

大島は運転席から転げ出て、ミニバンへ走った。男がふらふらと降り立ったところだった。男は大島を認めると自分の懐へ手を動かす。大島は男の頭を撃ちぬいた。

船のエンジン音がする。大島は駆けだした。貴地野が後部座席から出てくる。大島は言った。

「皆に連絡して、ここから離れろ」

ビルを回ると、パイロットボートが離岸するところだった。大島は走って、船尾に飛び乗ると、操舵室の後ろに隠れた。ボートは運河に出て、ゆっくりと進んでいく。

足元を見ると、貴地野が身を伏せていた。ついてきたのか、と叱るのを抑えた。貴地野は頭を低くして大島の横についた。大島はささやいた。

「おまえ、恋人が入院してるんだろ」

「知ってたんですか」

貴地野の警官時代の履歴を、安行に調べてもらった。

「なんで恋人をつれて逃げないんだ」

貴地野は驚いたが、大島に対して警戒する色を浮かべた。

「既に東京を離れましたから、彼女は大丈夫です」

「俺は、子供が新型コロナの影響で自宅待機中だ」

ボートが揺れた。大島は腰を落とした。左納はボートへの侵入者に気づいていないのだろうか。左納には、邪魔されない手立てがあるのか。それともやはり自らがおとりになっているのか。

そして、自分はまた、判断を誤ったのか。

「境の車はどこへ行った」

不安に駆られてささやいた。貴地野は、聞こえないのか、運河の前後に目をやっている。

「俺たちだけですか？」

陸を離れてしまった。

大島は、菊池がここではなく境の車を追ったのでは、と思った。しかし、もしそうなら、菊池は、なぜこちらへ合流すると貴地野に言ったのか。

ボートは運河から隅田川の河口に出た。

前方にレインボーブリッジが現れた。

ボートは巨大な吊り橋へ進んで行く。

13

隼人はカワサキZ六五〇を走らせた。

外苑西通りを南下し、明治通りに出た。

お台場へ向かっている。

姉のあとを追う。隼人がそうすることは、左納にはわかっていたのだ。見抜かれている。自分の心が左納にシンクロしているのかもしれない。

道路には車が行き交っている。交通量は少ない。隼人は左折して東進した。

警察車両は見当たらなかった。出遭っても捕まる恐れはなかった。押収したバイクを警察署から戻してきたのだ。得体の知れない権力が左納の計画を助けている。

左納の計画に嵌められている。

隼人に姉を追わせて、バイクの位置情報で菊池を境の車にひきつけようというのか。

もしそうなら、境の車は、おとりなのだ。

菊池が現れる前に、境の車を停めて、積んでいるものを確かめなければ。

隼人は道路に目を走らせる。天現寺で首都高速二号線に上がった。首都高速を北上し、都心環状線を東へ。浜崎橋ジャンクションを通過し台場線に入った。車両の数は高速道でも多くなかった。小絵の運転するダークブルーの小型車も、境の高級車も、見当たらない。

高速道路に入らずに別の道を通っていったのか。左納は、レインボーブリッジを渡って、と言った。西麻布からレインボーブリッジまで、この交通量なら十五分ほどだ。崇と小絵は既にレインボーブリッジを渡ったのかもしれない。

隼人はスロットルグリップを回した。

レインボーブリッジを渡った。探す車は見つからないまま、台場出口で下り、海浜公園の脇で路肩に停まった。

ヘルメットを外して周囲を見渡す。川の対岸で品川のビル群が陽光に輝いている。

朝空は澄み、潮風が頰を撫でる。いったいお台場のどこへ境の車を届けるというのだろう。

レインボーブリッジを見上げた。左納は、この橋を通って、と言った。お台場ではなくて、通過点とみえるこの橋が、目的地なのかもしれない。

爆心地は、レインボーブリッジか。

隼人は、スマートフォンで小絵を呼び出した。

「はい」

普段のように応答した。

「姉さん、どこにいるんだ？」

小絵はためらったが、

「コンビニの駐車場」

と答えた。

「どこの？」

「芝浦ふ頭」

まだ渡っていなかったのだ。

「義兄さんは？」

「崇さんの車が停まっているの。時間調整だって言って」

「車を届けるのに時間が決まってるの？」

小絵は黙った。

「姉さん、そこを動かないで」

「崇さんが出たらついていくしかないわ」

隼人はヘルメットを被った。フルスロットルでレインボーブリッジを渡って戻り、芝浦ふ頭のコンビニへ走り込む。

駐車場に二台の車はなかった。崇が動きはじめたのだ。

隼人はまたレインボーブリッジに向かった。ループ橋を先行する黒い高級車とダークブルーの小型車が見えた。ループを上りきって河口を渡ろうとしている。隼人は、緑色の宅配トラックを追い越し、小型車の後ろについた。ライトを点滅させたが、小絵は崇についていく。隼人は、小型車と境の車を一気に追い越し、前に割り込んだ。崇がクラクションを激しく鳴らす。隼人は速度を落とし、横滑りして停まり、行く手を塞いだ。

二台の車は橋の真ん中で停車した。隼人は境の車に駆け寄った。

「トランクを開けろ」

崇はドアを勢いよく開けて隼人を弾《はじ》き飛ばそうとした。隼人はドアの縁にしがみつき、片手を伸ばして崇を引きずり降ろそうとする。シートベルトに固定されて、崇は席についたまま拳を振るってきた。隼人はドアを叩きつけるように閉めた。身を乗り出していた崇は顔を打ち、助手席のほうへ傾いた。隼人はドアを開け、キィを抜き取って捨て、トランクの解錠レバーを引いた。

車の後尾に回り、トランクの中を覗く。薄手の毛布で何かを覆っている。小型車から小絵が降りてきた。隼人は毛布を剥いだ。

額を撃ち抜かれた久保城大臣の死体が手足を折り曲げて詰め込まれていた。虚《うつ》ろな目がこちらに向いている。

「こっちがダミーだ」

隼人は毛布を握りしめた。自分は、おとりに使われた。

元気でな、と玄関へ出ていく左納の背中がよみがえる。左納は自爆テロを実行するつもりなのだ。

小絵が死体を見て悲鳴をあげた。隼人が振り返ると、小型車の後ろに停まった緑色のトラックから、宅配業者の制服を着た男たちが降りて近づいてくる。一人が布で小絵の口を押えた。小絵の目が大きく見開いてこちらを見る。

「姉さん」

他の男の手に、銃がある。隼人は、はっと身構えた。銃口が火を吹き、隼人は腹と胸に衝撃を受けた。銃声が耳底に響く。痺《しび》れる感覚が胸から広がる。橋の主塔がぐらりと傾く。空が見えた。背中が硬いものにぶつかった。銃声のうねりに呑まれ、意識が消えた。

14

パイロットボートはレインボーブリッジの真下で停まった。

朝の陽光が水面《みなも》に乱反射して、大島は目を細めた。行き交う船の立てる波で甲板が上下する。左納はここで自爆するつもりだ。三十分あれば、とミニバンの男は言っていた。時間がない。菊池も、処理班の建部も、現れない。

大島の目には、巨大な津波が隅田川と荒川をさかのぼって、ふたつの川に挟まれた町が呑み込まれる光景が映る。

個人的な判断でもいい。大島は拳銃に弾を装塡した。

「俺たちで左納を制圧する」

後部にあるドアを開け、操舵室に飛び込んだ。

首筋に衝撃が走り、前にのめった。拳銃が手から落ち、床を滑っていく。後ろへ向きなおろうとしたが、首筋にもう一撃浴びせられ、足を払われて、うつぶせに倒れた。

床が上下に揺れている。大島は朦朧《もうろう》となって、ようやく首だけ上げた。霞《かす》む視界に、スニーカーがある。目を上げると、左納だった。操舵輪の後ろに置いた大きなクーラーボックスの蓋を開けて、左納は、中の物を操作している。

貴地野は？　大島は視線をさ迷わせる。貴地野が後に続いてくる気配がない。操舵室の外に隠れているのか。

「左納」

叫んだつもりが、弱々しく、しゃがれた声が床を這《は》う。

「自爆するつもりか。おまえ一人で、逝け」

自分の拳銃が見当たらない。両手をついて立ち上がろうとした。

どん、と船体が揺れた。何かがボートにぶつかったのだ。左納は手を止めて顔を上げる。後部の甲板に靴音がする。大島は床に手をつき、上半身を起こした。

開いたドアの外に、影がいる。黒いロングコートの菊池が、ＦＮブローニング・ハイパワーで左納を狙い、甲板をゆっくり横へ移動する。一撃で仕留められる位置を探っているのだ。

左納はS&WのM629を抜いて腕をのばし菊池に銃口を向ける。

一瞬間の対峙《たいじ》だった。

大島は、菊池の後ろに、貴地野が回り込むのを見た。拳銃を握っている。貴地野は菊池の真後ろに立った。貴地野は表情もなく、目と銃口は、菊池に向けられている。

危ない、と叫んだが、大島の口からは、あぁ、と不明瞭なうめきが漏れただけだった。

左納が撃った。菊池はよろめいた。菊池の背後で、貴地野が引き金を引く。弾は左納の胸を射た。菊池が銃を構えなおし、撃った。左納は額を射貫かれ、操舵輪にぶつかって、床に転がった。

菊池と貴地野は並んで操舵室に入ってきた。大島は貴地野に助け起こされた。

「大丈夫ですか?」

「俺の銃は?」

貴地野は拳銃を拾って持ってきた。大島は受け取って貴地野の冷静な顔を見た。

「おまえは……」

「Fに来る前は、潜入捜査官でした。本当は好きじゃないんです、この仕事。次は大島さんがどうぞ」

「植物状態の恋人は?」

「そんなベタな話、信じますか？　私の履歴はフェイクです。トラップですよ。福島の墓地で、指定Bの行動を命じられたでしょ」

「指定Bは、追跡をまいて逆追跡を掛けろ、と」

「私の指定Bは、敵と接触し潜入しろ、です」

高速ボートを操縦していた南洲も甲板に上がり、操舵室に入ってきた。菊池はクーラーボックスの中の物を確かめていたが、蓋を閉じた。

「起爆装置は作動していない。このまま、ボートごと運ぼう」

左納の死体を見下ろした。

「後は処理班に任そう」

南洲はうなずき、

「建部さんは橋の上で車二台とバイクを片付けています。それに、人が三人と、死体がひとつ」

そう言い残して高速ボートに戻り、船首を回して河口を上っていった。

「撤収する」

菊池は操舵輪を握った。

15

その春は、新型コロナウイルス関連の情報がほとんどを占めて、他のニュースは報道される機会が少なかった。

レインボーブリッジでの車二台とバイクの交通事故や、隅田川河口でのパイロットボートと高速ボートの接触事故などは、所轄署で報道資料は用意されたが、メディアに取り上げられることはなかった。

三月の後半に起きた他のさまざまな事件や事故も、地域のニュース欄に小さく出ただけで、コロナ関連情報の洪水に流され消えていった。

義民党の久保城議員が、くも膜下出血で急逝したニュースは、大きく報道された。それでも、新型コロナの肺炎で亡くなった有名人たちの訃報に隠れるように、地味な扱われ方で終わった。

久保城派閥の警察庁長官葛野吾郎《ごろう》が任期途中で突然退職したことも、久保城の死と関連して、政治ニュースでもっと取り上げられるべきスキャンダルを秘めていそうだったが、小さな人事異動の報道だけで済まされた。

警視庁副総監の樽下の死も、似たような扱いだった。善福寺川緑地内で変死しているのが見つかった当初は、不審死だと見なされ、警察も捜査を開始したが、散歩中の脳溢血《いっけつ》が死因とわかり、事件性が消えたことで、報道も尻すぼみに消えた。

　これらの出来事は、もっと大きく取り上げられてもよかった。コロナ禍の最中だからといっても、あまりにも地味な扱いだった。そこに不審を覚える者は、誰もいないままに過ぎた。

　世界各国で都市のロックダウンが実施され、日本国政府も四月七日、新型コロナウイルス対策の特別措置法によって緊急事態宣言を発令し、国民に外出自粛を強く要請した。

　この時期、警視庁公安部は、かつての「龍神天命教団」の流れを汲《く》む宗教団体「火天の誓い」に、凶器準備集合罪容疑で一斉捜査を掛けた。教団時代に軍事部門に所属していた元信者が数名検挙され、「火天の誓い」は解散に追い込まれた。そのニュースも扱いは小さく、世間の関心をひくことはなかった。

　五月二十五日。緊急事態宣言は解除された。宮守隼人が消えてひと月後だった。

エピローグ

仙台市照浜海岸。

昼の陽射しが群青の海にきらめいている。

高い防波堤の上に、女が一人立っている。長い黒髪を後ろでひっつめた若い女だった。白百合《しらゆり》の花束を胸に抱いていた。

女は海原に顔を向けてたたずんでいたが、後ろから防波堤へ上がってきたひと組の男女に声を掛けた。男が砂浜を指さして教える。女は会釈し、花束を抱いてコンクリートの段を砂浜へと下りていった。

ひと組の男女は防波堤の上に寄り添って立った。

若い夫婦だった。

崇は、ベージュの真新しい作業服を着ている。照浜地区で稼働を始めた震災復興流通事業センターの作業員だった。正規に就職し、地道に働いている。今日は昼休みに誘いあわせて、小絵と防波堤を歩きに来た。小絵は、震災前に働いていたこの土地のとしている。

漁業協同組合に戻った。昔馴染《なじ》みの人たちのなかで、もう一度自分の故郷をつくろう

「この海を、やっと見に来られた」

小絵は潮風に吹かれ、光る海に目を細めて、つぶやいた。

崇はうなずき、小絵の横顔を見守っている。

二人は、さっきの女が砂浜を歩いていくのに視線を向ける。女は、波打ち際に花束

を置いて、海に黙禱《もくとう》した。

それを眺める二人は、どこか心細そうなようすで、肩を寄せ合っていた。

遠い路上から見ると、頼りなげな二人のシルエットは、コロナ禍の後に続く時代に、

何とか生きていこうと寄り添う姿に映る。

二人を見つめる瞳に、温かい安堵《あんど》の色が浮かんだ。

スマートフォンが震えた。

「はい？」

「里帰りは済ませたか？」

菊池の声だ。

「これから東京へ戻ります」

「話がある。神楽坂へ来られるか？　古美術の月照だ」

「存在しない場所へ？」

「そうだ。存在しない任務についてだ」

フルフェイス・ヘルメットのシールドを下ろし、カワサキZ六五〇を始動する。

死と生の、薄明の境界を走りだす。

本書のプロフィール

本書は、小学館文庫のために書き下ろされた作品です。

小学館文庫

警視庁《けいしちょう》特殊《とくしゅ》潜工班《せんこうはん》

ファントム

著者 天見宏生《あまみひろき》

二〇二一年三月十日　初版第一刷発行

発行人 飯田昌宏
発行所 株式会社 小学館
〒一〇一-八〇〇一
東京都千代田区一ツ橋二-三-一
電話 編集〇三-三二三〇-五九五九
販売〇三-五二八一-三五五五
印刷所 ――― 中央精版印刷株式会社

ISBN978-4-09-406895-5